序／

繼續尋找，
喜歡你的最好一種方式

從前會以為，想要放下一個人，
就是以後都不要與對方再見，
只有將曾經有過的連繫完全的割捨斷開，
這樣才可以真正放開一個人，放過彼此。

但原來，這只是一種不得已的放下，
就只是透過不要見面，
來勉強自己去嘗試忘記罷了⋯⋯
而這其實並不一定會成功，
因為有天你們還是可能會再見，會有新的交集。
即使你曾經以為自己成功放下了，
但當你再看到對方的笑臉、聽到他的聲音，
你才會發現，原來自己什麼都沒有忘記，
甚至是始終都未可放開。

愛一個人，可以為對方付出所有，
但原來最難的是，不要為對方付出所有，
不要將對方不需要、不能夠承受的、不可能勉強的部分，
都全部送予對方，而應該要好好地收藏起來⋯⋯
即使那些部分，是你最認真看待的，
是因為你這麼愛他，才會願意不帶條件地付出，
但是不適合就是不適合，不可能就是不可能。
愛一個人，在你可以付出所有之後，
原來我們要繼續學習，在適當的時候，
不要理所當然地付出所有⋯⋯
否則有一天，對方一定會透不過氣來，對方會感受到壓力，
最終，就算有多愛都好，兩個人還是會只能夠分開⋯⋯

但不是每個人都會明白這種心情。
我們總以為，付出所有，才有機會得到最高的分數，

但其實，最高的分數是一百分，而最適合走下去的分數，
可以是九十二分、八十八分、七十分，甚至是五十分，
原來每一個人心裡都有一個不同的標準，
一個連我們自己都未必清楚的標準⋯⋯
你只能更努力地去尋找去嘗試，
但就算付出了所有，也不一定就可以成功。

然後你會發現，
喜歡一個人，愛一個人，
其實真的可以有很多很多種方式。
有一種方式，是學習如何認識對方與自己，
讓自己可以更加愛護這一個最在意的人。
有一種方式，是學習如何抽離和放開，
在依然喜歡他的同時，避免自己再受到更多傷害。
有一種方式，是有天當你們終於相隔很遠很遠，

你如何繼續去喜歡與思念,這一個不會再見的誰……

從前,你願意等一個人很久很久。
後來,你學會不再留在原地空等,
但心裡仍然為對方保留一個位置。
從前,你會相信自己值得被愛。
後來你終於學懂,最懂得愛你的人,
還是你自己。

Middle

目　錄・Contents

第一種方式喜歡你……………………… 11

第二種方式喜歡你……………………… 131

第三種方式喜歡你……………………… 195

第一種方式喜歡你

/

據說，喜歡一個人到極致，
可以有兩種方式。

第一種，就是喜歡到一定要留住對方。

而第二種，就是不會留住對方，
但你依然會繼續喜歡下去。

/　你有試過嗎，
在 IG 的限時動態裡，寫下對某個人的思念，
然後一直看著瀏覽人數那一欄，
直到終於見到那個人來看嗎？　/

The first way I miss you

你又有沒有試過，
將某一個你曾經貼過的限時動態，
再重新發佈，
然後設定成只有他會看得到⋯⋯

是因為害怕，
之前就只有他錯過了你的限時，

所以就算其他人都看到了，
你還是決定要再重新為他發佈……

但可能只不過是，
他正在忙著，沒時間打開 IG，
所以才會一直看不到……
而其實即使他有來看，也不代表有什麼意義，
因為他不會知道、也不會在乎，
你的這些思念全是因他而起。

想到最後，想得更多，
到頭來還是只會更加折騰自己……

然後你才發現，自己原來不知道在什麼時候，
竟然對這一個人，埋藏著太多在意與認真。

/ 有些曖昧，可以甜蜜，
但是不可能真的親密。
有些曖昧，可以擁抱，
但是不可能永遠擁有。　/

　　　　　　　　　　　　　　　　　　The first way I miss you

有一種曖昧，
是你們會比其他朋友親近，
但是不會讓其他人發現或知道。

有一種曖昧，
是你知道你們沒有可能，
但是你會更加珍惜這份關係或情誼。

有一種曖昧，
是你早已知道他已經有另一半，
但是每次念及，你都會感到有點刺痛。

有一種曖昧，
是你們都會覺得對方是對的人，
但是不知為何，你們還是會一再錯過。

有一種曖昧，
是你們會一直記得對方生日，
但是你們始終不可能和對方在正日慶祝。

有一種曖昧，
是他依然會追看你的限時動態，
但是他不會給你任何留言、反應或問好。

有一種曖昧，
是他可以陪你每天短訊聊天直到夜深，
但是到最後，也未必可以證明一點什麼。

有一種曖昧，
是你們會視對方為最好的朋友，
但是這一份友誼，最後還是未可到老白頭。

有一種曖昧，
是他偶爾會比平時更主動關心你，
但是當你想要回應，他又會再次變得冷淡。

有一種曖昧，
是你可以為對方付出所有，
但是你卻不敢確認，這就是愛情。

有一種曖昧，
是你會為對方的主動親近而想得太多，
但是又會害怕自己單方面入戲太深。

有一種曖昧，
是你知道你們不應該再如此下去，
但是你又不捨得這樣放手。

有一種曖昧，
是你其實好想向他坦白一切，
但是你更怕自己會從此失去這個朋友。

有一種曖昧，
是你們沒有承諾過對方什麼，
但是你們反而可以比別人更不求回報。

有一種曖昧，
是你們不會得到任何名分，
但是也因此更想透過付出去換取一點肯定。

有一種曖昧，
是你知道自己不會是他最喜歡的人，
但是你仍然會甘心留守在這一個位置。

有一種曖昧，
是你仍然會記得這一個誰，
但是對方已經不會再記得這些曾經。

有一種曖昧，
是你明白所有曖昧都會有一個限期，
但是在那天來臨之前，
你還是會好想再努力認真一次，
希望為這一個沒有名字的故事，
這一段沒有答案的曾經，
留下一個更深刻更完美的結尾……

即使你知道，
這一切就只是自己的一廂情願，
到最後所有曖昧都會煙消雲散，
不會在對方手心的生命線裡，
留下半點痕跡。

/ 以前沒有他的時候，
　　你也可以過得很好啊，不是嗎？　/

The first way I miss you

原本是這樣的，
直到後來你遇到他。

他讓你知道，還是重新認識，
什麼叫做快樂、什麼叫做寂寞……

從前你自己一個人，可以活得自由自在，
現在每次你抬起頭，看到漂亮的天空，
你都會想，如果他可以在你身邊，
如果你可以和他分享這一份眼前的美好……

你才開始明白，原來只要可以伴在一起，
就算將來會有很多困難，
就算你們此刻相隔很遠，
但只要知道兩顆心始終會連在一起，
你就會覺得充滿勇氣，可以繼續面對各種不安與挑戰⋯⋯

以前你不認識他，
他就只是一個陌生人，
但如今你們遇上了，
即使將來可能他會變回陌生人，
他卻成為你生命裡最不可或缺的一部分⋯⋯

你又怎會容許，自己竟然錯過了這一個人，
又怎可能像從前一樣，可以再對這一個人，
裝作毫不在乎。

/ 有些事情其實從來沒有選擇,
　例如喜歡一個不會喜歡自己的人。　/

The first way I miss you

你會喜歡一個不會喜歡你的人嗎?

如果你是本來已經喜歡了這一個人,
就算他不會喜歡你,你可能也會不由自主地喜歡下去吧。
而如果,你其實還沒喜歡那一個人,
你應該不會為這一個問題,想得太多⋯⋯

如果有天,當你為了某一個人,
竟然會想起這一個問題,
那大概是代表,你對於這一個人

已經有一點太過認真的喜歡。
如果從來沒有太多認真,又怎會讓自己去亂想,
這些未必會發生,甚至不可能發生的事情。

到最後,很多事情其實也是身不由己,
就只看我們用怎樣的心情去面對。
就算對方不會喜歡你,
也不等於你不能繼續去喜歡這一個人……
也不等於,你就不可能讓對方有天會喜歡你。
你就只怕,在得到對方喜歡之前,
自己終有天會變得太累太累,
然後再也無法繼續虔誠地喜歡下去……

有些人會選擇逃走,
讓自己默默地喜歡下去,不要強求得到,
也不必勉強自己去放下、
去忘記這一個已經太過在乎的人。

/　有天，你會因為喜歡一個人，
　　而變得不像你自己。　　/

The first way I miss you

你有沒有試過，
因為一個人，而放下了自己的底線。

例如，其實你很想他認真地喜歡你，
但漸漸你會覺得，可以陪在他的身邊，已經很不錯⋯⋯
就算你們只是朋友，甚至是已經很久不見，
你也會覺得這樣已經足夠。

其實你知道，這是退而求其次，
又甚至是自欺欺人。

你只是害怕，自己不可能跟這一個人在一起，
不捨得與這個人不會再見，不捨得太快讓這個故事告終。
一再下調自己的底線，讓真心與期待變得越來越小，
是因為不捨得失去對方，是因為你真的太喜歡這一個人⋯⋯

或許有天，你會得償所願，
成功和這一個人在一起。
又或許有天，你還是會放開那一位，
自己依然太喜歡、但不會屬於自己的人⋯⋯
你可以繼續喜歡下去，但你有天還是會重新記起，
在愛人的同時，我們還是要好好地去愛自己。

偶爾我們會因為喜歡一個人而放下某些堅持，
但不等於我們只能一再放下底線，
為了乞求對方的注意而埋沒了自己。

/　入戲太深有很多種。

有一種是，
以為自己仍然是主角。
有一種是，
以為自己曾經是主角。
有一種是，
以為自己無法成為主角，
但自己在對方心裡，
仍留有一個重要的位置。

然後，以後，
會跟自己一樣，念念不忘。　/

The first way I miss you

其實他沒有對你若即若離，
就只是你太想得到他的認真。

有時候，
他會對你很好，好得不像普通朋友……
但之後他又可以有一段時間，不會主動找你，
很遲才回覆你的訊息，
即使你去找他，他也像是表現得很忙，
感覺總是若即若離……

但其實，這些他對你的好，
又或是，這些你眼中的好，
就只不過是你自己一個人的入戲太深……

他可以對任何人都這樣好，
或他本來就是這樣對待每一個人，
而你不是特別的一個，
也不是特別認真去對待的那一個……
否則，他又怎會捨得讓你一直空等回覆，
再忙也好，也不會忘記去珍惜真正重要的人與事，
真正重視或不能捨棄的關係與感情。

或許，
你們將來仍然會有各種可能，
會有更深或更遠的發展。
但是在認識對方的過程裡，
將彼此的一言一行過度放大、看得太重，
這樣對你自己來說，始終不會是一件好事。
在與他可以真正交心之前，你一定會先累壞你自己。

/　可以陪你一直聊天的人，
　　不等於他最喜歡你，
　　不等於他願意一直陪你，
　　不等於你們真的很相配，
　　不等於你就是他眼裡，
　　或手機裡的唯一。　/

The first way I miss you

可以和你分享秘密的人，
不等於他最信任你或只信任你，
不等於他不會將秘密說給其他人聽，
不等於你就是他的知己或好朋友，
不等於你在他心裡有一個特別的位置。

可以記得你生日的人,
不等於他會記得你的所有事情,
不等於他只會記得你的生日,
不等於他有特別將你放在心裡,
不等於這種記得有任何特別意義。

可以與你走路回家的人,
不等於他想再和你走更遠的路,
不等於他特別想要知道你住在哪裡,
不等於他以後都想要更加了解你,
不等於他以後都會送你回家。

可以輕易讓你快樂起來的人,
不等於他為你做過一些特別的事情,
不等於他真的想令你更加快樂,
不等於他一直有留意著你的情緒,
不等於你的快樂是他最想達成的願望。

可以與你曖昧的人，
不等於他想要與你在一起，
不等於他只會與你曖昧，
不等於他想你認真地喜歡他，
不等於他就對你有太深的喜歡。

可以讓你認真喜歡上的人，
不等於他是一個可以認真發展的人，
不等於他就想你繼續喜歡下去，
不等於你以後只可以喜歡他這個人，
不等於你喜歡他就是一種絕對的錯誤。

可以讓你以後一直思念的人，
不等於你們還是一對好朋友，
不等於你們真的可以再見面，
不等於他也會同樣思念你，
不等於這些思念真的會有
被接收的那一天⋯⋯

後來你終於明白，
有些事情從來都不是對等，
也是他讓你學懂，
以後不要再輕易對一個人入戲太深。

/　或許在他的心目中，
　　你只是一個可有可無的人，
　　但在你的世界裡，
　　他也不是你必須去留住的誰。　　/

The first way I miss you

其實，就算他仍然會來找你，
但也不等於他是真的想要見你。

就算他偶爾會在訊息裡，
告訴你一些他的生活、他的想法，
但其實他並不是真的想要你給予認真的想法或意見，
即使你如何認真回答，他還是會選擇已讀不回，
或最後只會給你一個笑臉符號⋯⋯
而你卻為了他的這些心血來潮，
思考自己是不是已經成為他一個可以交心的朋友，
又或只是你一個人想得太多⋯⋯

然後想到最後，你又會開始自我懷疑，
自己就只是一個可有可無的存在，
他並不是真的那麼需要你，想見你。
到頭來，你還是變得入戲太深。

縱使他對你表示過，你是他的好朋友，
但你們其實並沒有太多一同成長的印記，
或是不可取代的情誼與回憶。
就算很久沒見了，他也不會特別想要知道你的生活與近況。
漸漸你也不會對他說的這些話太過認真，
你相信，他應該還有很多很多可以傾訴的好朋友⋯⋯
所以，即使偶爾他說的話會讓你心動，
你仍是會有所保留，或繼續迷惑，
這當中可能並沒有太多認真與重視，
有可能就只是為了方便他去融入，
另一個人的世界，另一個你的世界⋯⋯
或許明年他就不會再記得這晚聊過的一切，
而你又何必讓自己為這些過眼雲煙，而一直太過記掛。

只是，
要你一直有所保留和他來往，也不容易。

你知道，不應該繼續沉溺下去……
即使你已經為了這個人而想得太遠，甚至感到一點受傷。
即使他可能本來是無意的，
這一切就只是你單方面過分認真。
但他還是你此刻還會莫名地在意、莫名地關心的某個人。
他竟然可以一直佔據著你心裡一個重要的位置，
而他有天可能還是不會再來找你，他可能始終會走，
你始終無法留住他這個人……
你還是會一再反問自己，
其實你是不是不該去留住他這個人……

你不知道，自己可不可以做得到。
但你真的不想自己習慣成為這一種可有可無的存在，
不想再讓自己因為單方面太過在乎，而變得更加卑微。

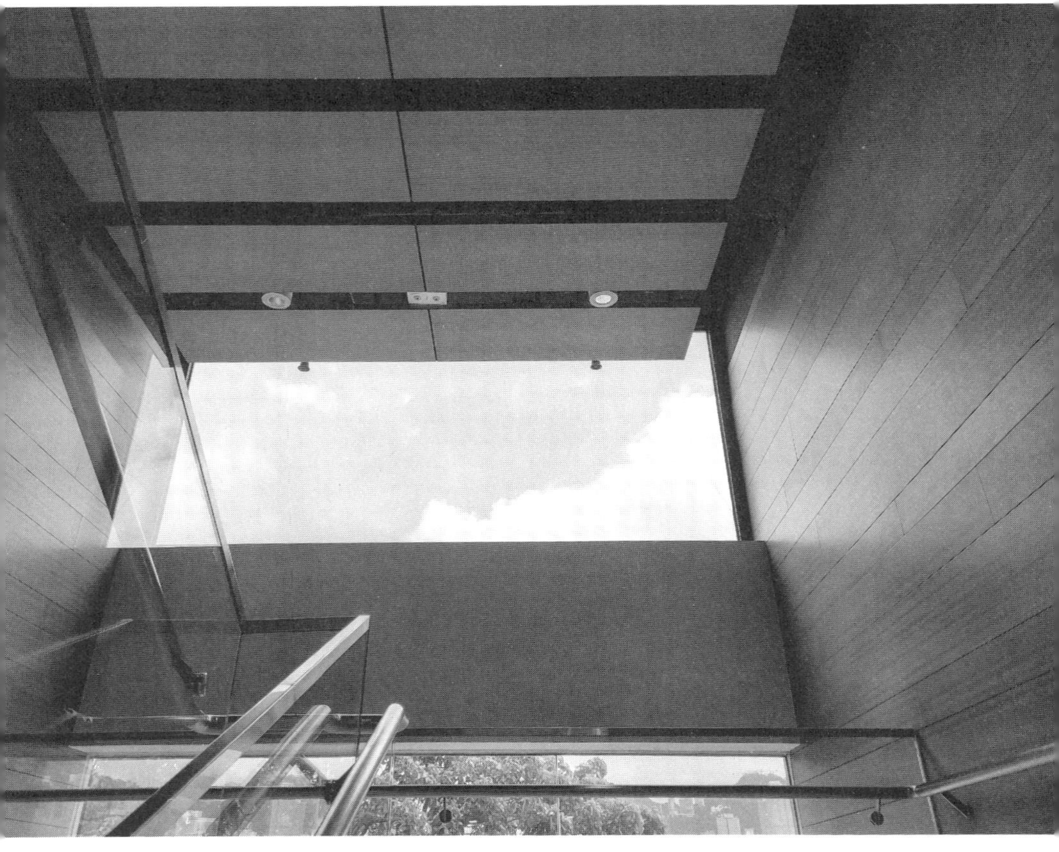

/ 你以為不理他,他應該會有一點難受。
　 但之後你發現,自己才是最難受的人,
　 而你無法開口。　 /

The first way I miss you

你以為離開他,他應該會有一點不捨。
但之後你發現,自己才是最不捨的人,
而你無法回頭。

你以為報復他,他應該會有一點受傷。
但之後你發現,自己才是最受傷的人,
而你無法復原。

你以為成全他,他應該會有一點感動。
但之後你發現,自己才是最感動的人,
而你無法釋懷。

你以為疏遠他,他應該不會再來找你。
但有天你發現,他沒有發現你離開過,
他如常來找你⋯⋯

而你又再次為這一個誰,
想得更多。

/ 他沒有想念你,
  也沒有刻意疏遠你。　/

The first way I miss you

「其實,他不再回覆我的訊息,也是應該的。」

「為什麼?」

「我們只不過是普通朋友,是我想得太多,想要得到太多。」

「嗯。」

「雖然有時也會不忿,為什麼他之前時常都找我聊天,如果他喜歡我,為什麼又可以突然失蹤。」

「你應該明白啊,他只不過是在寂寞無聊的時間,才來找你,他就只需要一個可以陪他說話的人,你會不會想得太多,他也不會負責。」

「嗯,是我越界了。他不再找我,也是應該的。」

「不要再入戲太深了,好嗎?他沒有再找你,不是為了你好,他從來都不是非你不可,他沒有想念你,也沒有刻意疏遠你。」

「⋯⋯真的很可笑,是吧,明明沒有在一起過,但弄得自己好像被分手一樣。」

「唉,我想,如果你真的和他在一起過,然後被分手,你可能還會比較能夠心死?但你現在是單方面入戲太深,而對方從來都沒有想過要對你認真。於是你反而更不甘心,更難心息。」

「又或者,從來都只是我單方面以為,我們是在曖昧。以為我們差點就可以在一起,這是我們之間最大的遺憾⋯⋯一切都敗給我自己的以為,結果做得最錯的人,還是我自己。」

「每個人都有自己不小心沉船的原因和苦衷,但沒有人愛,你也應該要好好愛惜你自己,好嗎?」

後來你才明白,
他那時候對你的關心,
原來只是一些附屬的溫柔。

並不是純粹為你而起,
並不是只會對你付出,
他就只是想透過對你示好,
來換取一些他想要得到的好處。

當他達成自己本來的目標，
他就不會再記得或顧念，
你的需要你的感受你的寂寞。
但你卻會為他曾經對你如此溫柔，
為他後來對你不聞不問，
而念念不忘，或耿耿於懷。

到了下次，下下次，下下下次，
他又再突然對你溫柔，
你終於開始看穿他的套路。

你知道應該要清醒，
只是又會忍不住想，
他待你會否還有一丁點認真⋯⋯

一點只屬於你的感情與溫柔。

/ 對一個人太過主動，
總是去做付出的一方，
最後就只會漸漸被對方輕視吧，
你再盡力用心，
漸漸也只會被視為一種理所當然。　/

The first way I miss you

但偏偏，有些人明知如此，
還是會繼續默默地飾演，一直主動的一方。

也許是因為害怕，
如果自己不主動一點，就會被對方輕易捨棄吧。
就算會覺得這樣的自己很卑微，
但有時候，人也會敵不過寂寞與孤單，
寧願委屈自己，也不想成為被對方遺忘的人。

「有時實在不想再對一個人主動太多⋯⋯不想再累積更多疲倦與失望，讓自己變得更卑微，到頭來也只會更折騰自己，是嗎？」

「但有些人的不再主動，卻是希望用來測試對方，對自己到底尚有多少認真與在意，到底⋯⋯如果自己不會再找他，那他會不會反過來尋找自己，他什麼時候會想起這一個原本會一直伴在他的身旁、但忽然消失不見了的人。」

「但⋯⋯通常這樣的不再主動，到最後都總會讓自己變得更疲累吧⋯⋯如果那一個人，從來都不會對你有太多在意，那他又怎會注意到你的消失不見，甚至也不會反過來主動找你。」

「嗯，對一個始終不會在意的人，再多的想法心思，也不過是一場自討苦吃。」

/　有時候不再主動，不會再見，
　　是因為我太過重視你，也更怕失去你。　　/

The first way I miss you

有時候，我們決定以後不會再主動去找某一個人⋯⋯
或許不是因為那個人變得不再重要了、想從此疏遠對方，
而是我們漸漸無法再確認，自己在對方心目中，
是否依然那麼重要⋯⋯

他仍然是你心底裡最重視的人，但你已經無法再知道，
他是否還像從前一樣那般重視你。

你知道，如果不再主動，
以後你們只會變得越來越疏離，

但是你已經累了，真的累了……
你也真的很怕很怕，
以為自己終於追貼到他，
但原來又只是你自己的一廂情願。

如果，自己永遠都無法，
成為他心坎裡真正會惦記的人，
那又何必繼續自欺欺人，
以為自己繼續付出或等待，
終於會得到回報……

以為只要一直心淡下去，
終有天自己就會真的可以學會心死。

/ 你可以努力控制自己不要去尋找對方，
但是卻無法限制，
對方不會再突然主動找你。　／

The first way I miss you

其實，只要不接聽他的電話，
不再回覆他的短訊，不再答應他的任何請求……
總有一天，他會終於感到沒趣，
也不會再心血來潮地突然找你。

但往往當收到訊息時，人就會變得感情用事。

你知道不應該再繼續下去，卻還是忍不住立即回覆。
你知道不應該再有太多期望，但原來不去期望，
不等於之後就不會有任何失望……

然後你就會忍不住想,為什麼自己還是會受到這個人的支配,
為什麼還是會害怕,自己始終無法好好留住這一個人。

也許是因為,
你從來沒有得到過他,所以才會這麼想留住他的一切。
但換個角度,你也不是真的必須要留住這一個人,
你的人生才可以變得更加圓滿⋯⋯

他已經留下一個遺憾給你了,
難道你真的要讓這點遺憾也變得不堪再提,
你才可以學會輕輕地放過自己嗎?

而如果,每次他會主動來找你,
都是他感到寂寞或不開心的時候。
但是他快樂時,他從來都不會想要跟你分享⋯⋯
你就只能從他的臉書或 IG 裡追看他的近況,
直到他下次終於會想起你、會來找你時,
你又再努力讓自己表現得仍然熟悉他的一切,
令他不會覺得你跟他的距離相差太遠,
你依然是一個相當了解他的朋友⋯⋯

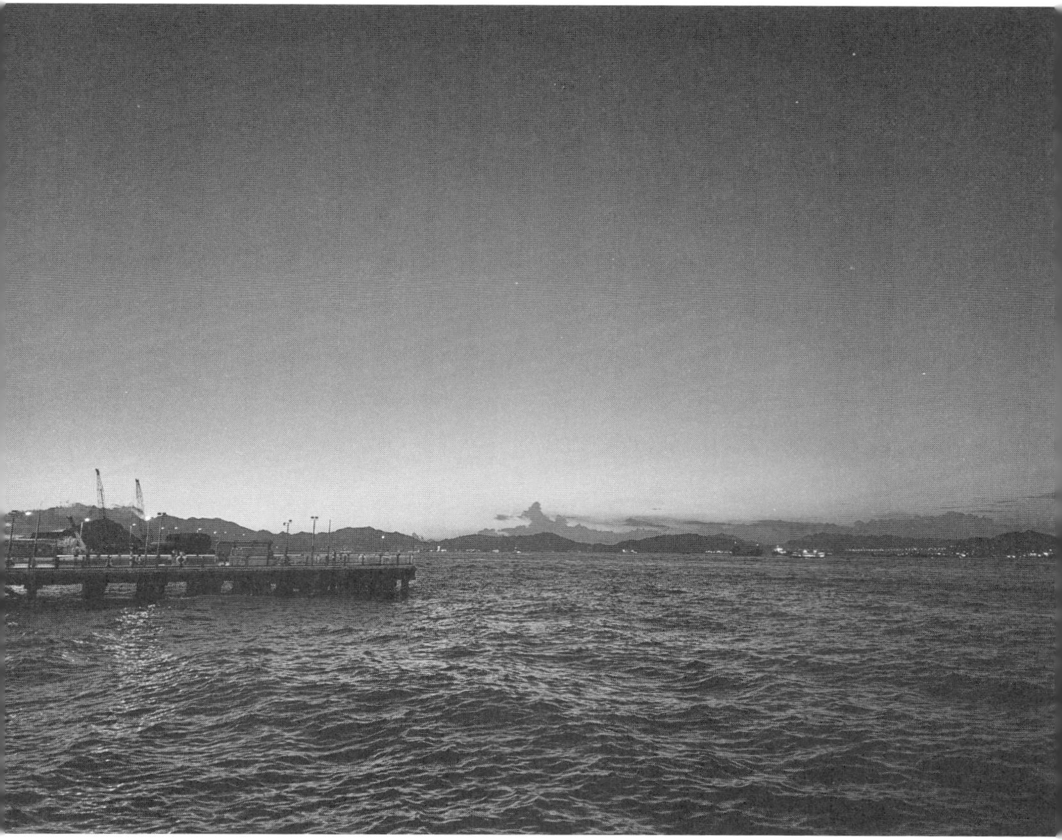

但其實你始終都不了解,他快樂時會有什麼表情,
他假日時會跟其他朋友如何度過,
你就只不過是偶爾在夜深陪他聊一會兒的普通朋友而已。

然後有天,
你會對一直只能處在這一個情況與位置的自己,
感到氣餒與厭倦,會不想再如此下去。
但無奈的是,你們所能累積到的情誼與關係,
本來就只能如此發展下去⋯⋯

在訊息裡累積埋藏更多感情與默契,
也不可以在現實裡得償所願,開花結果。

/　最難的是，
　　如何拒絕一個偶爾找你，
　　但不是真正想念你的人。
　　可以隨時拒絕你的溫柔，
　　你卻不可以拒絕他的絕情。　　/

The first way I miss you

「他昨晚又來找我。」

「那你有讓他找到嗎？」

「我不知道應該如何拒絕他……」

「你應該還無法拒絕他吧，只是，他來找你了，但他真正想找的人，真的是你嗎？你喜歡他，你在意他，但是他始終不會想要與你在一起，但他還是一而再地回頭找你……那其實他想要找的，是一個不會拒絕他的人，是一個會對他很好的人，是一個會喜歡他、而他也喜歡的人，還是一個，他自己也分不清楚、

但是依然會想念的身影⋯⋯然後,他在找到你之後,又找到更多失落與遺憾,最後還是會離你而去。他找到你了,但是他知道你不是他最想要找的人。你等到他又來找你了,但真正的你,要等到什麼時候,才會被他用心看見,才可以得到他的尊重與珍惜呢⋯⋯」

對著他,總有著很多很多不可以。

例如,不可以觸碰他的手,除非是他主動觸碰、挽你的手。
不可以過問他的感情狀況,因為你沒有資格。
不可以問他為何昨天突然失約,儘管你為他空等了好幾個小時。

不可以不接聽他的電話、不回覆他的訊息，
否則就是你不對、你根本不在乎他。
不可以揭穿他的謊言，就算發現被騙，
也是因為你誤會了他的說話，與他無關。

不可以對他生氣，即使他真的犯錯，你都要選擇原諒。
不可以拒絕他的請求，因為你是他最好的朋友。
不可以批評他喜歡的對象，這樣會顯得你別有用心。
不可以勸說他不要喜歡一個不對的人，
即使他也明知道沒有結果。

不可以放棄你們的這段友誼，無論他曾經傷得你有多深。
不可以要求他向你道歉，否則就是你的不對。
不可以勉強他和你見面，就算你們已經很久不見了。
不可以問他為什麼沒有找你，不可以問他是不是已經忘掉你。
不可以讓他有被冷待的感覺，即使你已經承受過太多他的冷待。
不可以追問，你們其實是什麼關係⋯⋯
一切一切就只是你想得太多、奢求太多。

不可以對他有任何隱瞞與欺騙,
不論任何事情都要對他如實相告,但對他的不滿與感情除外。
不可以要求他對你有同等的付出,
他其實已經待你不錯,是你從來都不感恩、不珍惜。
不可以要求他稍微待你好一點點、對你有多一點尊重,
他會認為這是你想越界的表現。

不可以問,為什麼他待其他人都很好,
卻對你一直都很冷淡、很陌生。
不可以問,為什麼有時又會待你很好很好,
好得就不像普通朋友,好得就像是一對情人。
不可以去測試你在他心裡面的位置,
到底有多重要、或有多不重要,你實在不應該去幻想太多。
不可以在他不需要的時候,對他有太多關心、照顧及依賴,
而何謂多或少,都會以他為主。
不可以在他需要的時候,拒絕去做他的心事垃圾桶、或救生圈。

不可以太強調你自己的重要性,
無論你曾經為他付出多少、犧牲過什麼,
你也只不過是他云云好友中的其中一位。

不可以問，為什麼不可以待你公平一點，
為什麼你們不可以站在一個對等的位置……
因為這樣就只會給他太多的壓力，
也會顯得你自私、就只會為你自己著想。
不可以問，為什麼對著他這一位朋友，這一個誰，
會有這麼多不可以，其實還有什麼可以……

不可以對他懷有太多期待、失望、抱怨或不忿，
因為如此下去，到最後只會讓自己變得更疲累，
卻又不知道如何放棄。
不可以對他的一言一行，抱有太多假設、認定、猜想或質疑，
因為想得再多，你都始終不會得到一個真正的答案，
到最後你會漸漸反問自己的價值與位置，
到底是不是真的值得，到底是不是真的想要如此，
到底自己還喜不喜歡這一個人，到底這樣子的自己，
又是否算是真的勇敢地喜歡一個人，
有沒有好好地面對那一個想去愛人、
想得到被愛的那一個自己……

最後，當有天你真的累了，不想再如此下去了，
也不可以去問他，可不可以放棄，可不可以不要再見……

因為你知道，你不會得到他的回應，
到頭來，一切都只是你自己想得太多。
你可以繼續待他很好很好，
但不可以奢想，哪天他終於會明白你的心情，
哪天他可會記得，曾經有過一個這樣的你。

/ 偶爾他會對你很好很好,
　但並不等於他對你有著很深的喜歡。　/

The first way I miss you

總有些人,
會突然對你很好,很關心你,
會時常傳你短訊,彷彿是想跟你曖昧,
又彷彿他原來已經喜歡你很久很久,
只是他從來都沒有向你確認一些什麼……
但是當你忍不住想對他認真,或是你漸漸喜歡這一個人,
你想靠近他,他卻開始變得疏遠你,
不再像從前那樣關心你、重視你,
就好像是你自作多情一樣,
他可以立即劃清界線、不再主動找你,

而你的入戲太深、你對他的認真與喜歡，
反而變成一種不應該的打擾⋯⋯
而從此之後，偶爾你都會忍不住去想，
到底他有沒有喜歡過你，到底是不是自己錯過了他，
還是自己越過了友情的界線⋯⋯

或者有些人，
總是會不清楚自己的喜歡是有多深、有多認真。
他們都是透過一邊與對方親近接觸、
一邊確認自己與對方的感情，
但很多時候，他其實並沒有太多動心，
他心裡只有一種很淺很淺的喜歡⋯⋯
然後，還沒與對方在一起，
卻已經漸漸開始厭倦、甚至變得不再喜歡了。
如果對方喜歡了自己，也是對方的問題，
因為他們會認為自己一直都沒有越界，
從來沒有向對方確認什麼，從來都只是對方太過認真。

/ 有多少次,你想問這是不是一個夢,
　　但每次醒來,仍是會感到無比的刺痛。　/

The first way I miss you

你有試過嗎,
在夢裡,你遇到那一個人,
你們最初仍然像從前一樣親近,
只是漸漸你感覺與他的距離越來越遠,
你很想去問他原因,問他為何你們的關係會變得如此陌生,
但是他始終都不會回答,由得你一個人,
留在原地裡徬徨無助地徘徊⋯⋯
然後每次驚醒過來,
你依然會感到心痛或委屈,有時還會流淚⋯⋯
你有試過這種情況嗎?

但願你從來沒有作過這樣的夢……
但願你從來沒有驚醒過來。

/　有些曖昧是，
　　你不想做好朋友，
　　也不想成為第三者，
　　而漸漸被冷落遺棄。　　/

The first way I miss you

「為什麼有些人心裡不喜歡，但是始終不會明確說出來？」

「可能是因為，他們覺得不需要對不喜歡的人透露自己的想法。」

「因為我不喜歡你，所以也沒需要告訴你、我不喜歡你？」

「嗯。」

「⋯⋯原來得不到對方的喜歡，就已經是一種原罪。」

「不是的，就只不過是，對方的心從來都沒有你的位置而已。」

有時最無奈的是，
你以為自己有機會跟對方在一起，你以為對方也喜歡你，
你相信在那年那月那時那分那一秒，
他也跟你有過一樣的心跳與共振，
就只有他最懂你，最關心你，最想親近你，
你們永遠會是最好的朋友，也是最心靈相通的情人⋯⋯

然後有天，
你決定將這點想法與心意，都如實告訴對方知道，
然後你才發現，這一切原來只是你一個人想得太多、入戲太深，
那些關心與體貼，原來只是他的一時興起，
那些默契與對望，其實就只是無數次的巧合，
並沒有更多含意，也只有你一個人仍會記得、還會在乎⋯⋯
但你卻為了這些巧合與誤會，投放了太多的期待與認真。
就算這份感情在你心裡是有多刻骨銘心，
但對他其實完全沒有意義，就似風過無痕⋯⋯

而當他忽然發現，你對他的心意與想法後，
他從此對你變得冷淡、漸漸疏遠，
你才明白，原來所謂友誼永固，也只不過是自己的一廂情願。

你不怪他,但你之後就不敢再對另一個人太過投入,
很怕自己又會不小心再重蹈覆轍,也怕自己又會再想起,
自己曾經對一個人更加認真、更加在乎,
原來到了這天,自己什麼都沒有忘記,
你們都不會再見了,但他永遠是你曾經最喜歡的一個過客。

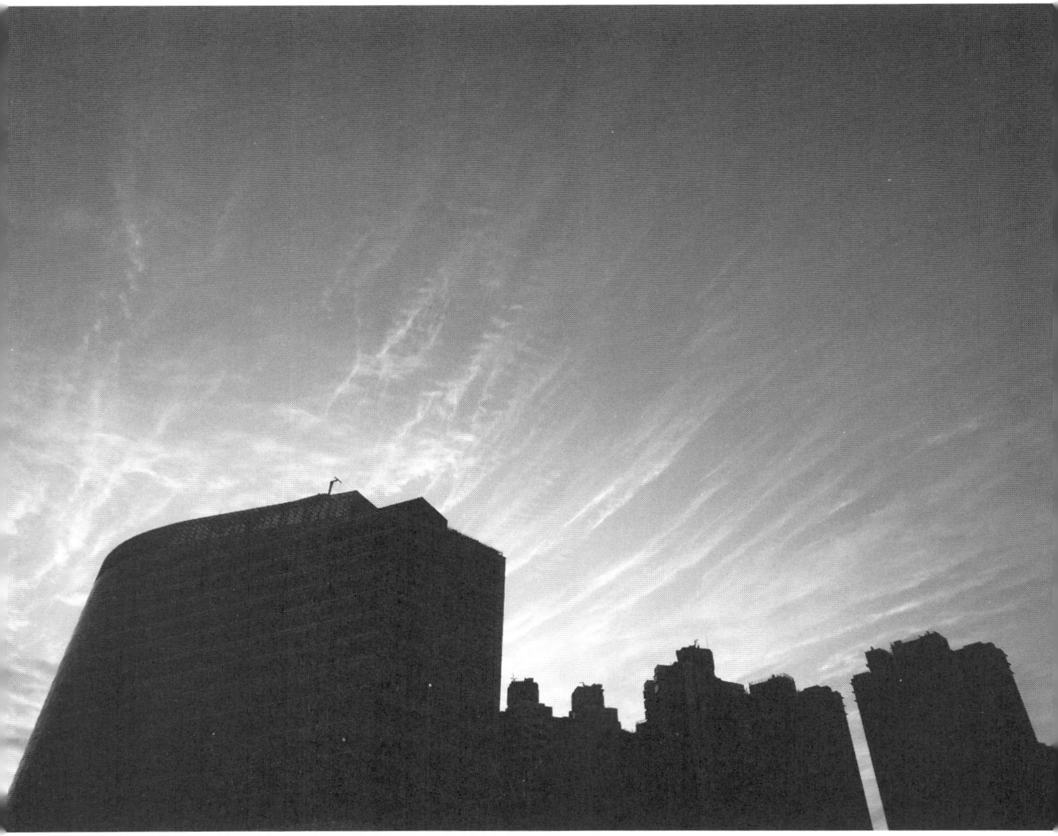

/ 每次當你想離開的時候,
他總是會表現得不捨,
但是如果你留下來,
他其實也不會對你更在意或珍惜。　/

The first way I miss you

他只是表現得不捨,但不是真的挽留你⋯⋯
退一步說,即使他會挽留你,
也不等於他會想要珍惜你。

有些人只是不想自己的世界有太多改變,
他們已經習慣了那一個舒適圈,
例如自己想要喜歡什麼人與事,
又例如自己喜歡繼續得到哪些人的喜歡與關心⋯⋯
他不想這個世界會有太多改變,
但同時他們也未必願意付出太多真心去挽留、

甚至守護這點其實並不容易、
而他也未必真正需要的幸福。
所以,一直對他很好的你,突然表示想離開,
他可能會有點傷感或不開心,
但如果要他付出更多的心力來挽留你,
這其實已經超出他對你所能付出的極限……

他會不捨得,但他不會真的傷心,
以後也不會有太多念念不忘。

/ 喜歡一個人，
有時最難得到的，並不是對方的喜歡，
而是一個真誠的拒絕，
一個可以心死的答案。　　/

The first way I miss you

如果你不喜歡我，可以直接說不喜歡我。

如果你不喜歡我，可以告訴我你已經心有所屬，
又或是你已經有另一半。

如果你不喜歡我，可以跟我說，
你現在不想談戀愛，你現在只想專心於工作或學業，
你有想要追尋的目標或夢想，
實在沒有時間和心力，再去兼顧愛情。

如果你不喜歡我,可以讓我知道,
你心裡仍有忘不了的人,或是放不下的前度。
你就只想要跟那個人在一起,暫時不會再考慮其他人。

如果你不喜歡我,可以選擇一點一點疏遠我,
不再回覆我的訊息,不再接聽我的電話,
不再答應我的邀約⋯⋯
我會知難而退,不會再冒昧打擾。

如果你不喜歡我,可以直接封鎖我,
IG、臉書、Whatsapp,甚至是我的手機號碼。
雖然這樣會有點傷人,但至少我不會有任何幻想,
不會再一邊偷看你的限時動態,然後一邊安慰自己,
至少我們還是朋友。

如果你不喜歡我,但是你還想和我繼續友好⋯⋯
你可以嘗試坦誠認真地告訴我,我們就只是朋友,
就算有過好感,也只是屬於友情的範疇,
也只是我單方面想得太多,對你入戲太深⋯⋯
我會笑著接受,繼續做好你的朋友,

直到我們哪天不再友好。

如果你不喜歡我,但是不知道應該如何讓我知道⋯⋯
可以參照上面「已讀不回」的做法,
當你試過太多次這樣無聲的拒絕,
就算再蠢再笨,也會被迫學懂,
有些人再喜歡再不捨,始終不會屬於自己。
與其苦苦堅持,不如學會放手,
放過自己。

如果你不喜歡我,但是你不忍心傷害我⋯⋯
請你放棄這種想法,不要抱有不會傷害別人、
但又能成功拒絕對方的奢想。
有些人是可以做到,
只是這世界上有更多的人,
最後還是會不歡而散,
就算曾經有多友好、有多靠近,
到後來還是漸漸選擇不要往來,
不要再見⋯⋯

所以，如果你不喜歡我，
請不要一邊拒絕我，卻又一邊同情我，
不要明知道沒有可能，但又給予一些不必要的期望，
一些其實不屬於我的溫柔，
然後在某天你感到疲累或生厭時，
才又再選擇逃避或退卻，但是又始終無法乾脆地斷絕往來⋯⋯
若是這樣，只會令人更加無所適從、變得更沉溺與執迷。
就算明知道痛，也不想要放棄，
結果反而在付出的過程裡，
更加傷害自己⋯⋯

其實你沒有義務去為我這個人煩惱太多。

所以，如果你不喜歡我，
請好好告訴我知道，可以嗎？
不好意思麻煩你了，這將會是最後一次。

/   一直都在敷衍對方的人,
　　是永遠都無法理解,
　　自己的敷衍為對方帶來哪些傷害。   /

The first way I miss you

並不一定是因為,他們本身是一個自私的人。

很多時候他們就只不過認為,
自己已經為了這段交往盡了本分,
也不可能會為對方付出更多的感情與認真。
因此就算有些情況下,他們明明知道,
自己是如何冷落了對方、沒有理會對方感受,
自己沒有思考過說的話,曾經為對方帶來多少刺痛⋯⋯
但他們就只會認為,無需要為此而負上任何責任,
更別說有必要為此而向對方交代或解釋更多。

因為他會覺得，
自己不是刻意對對方冷漠，
也不是有心傷害別人，
如果有人會因此受傷，
那也是對方想得太多、
太過在乎這些瑣碎事兒罷了。
他或許會為此道歉，
但之後還是會繼續依然故我，
因為他從來沒有想過，
要與對方真正交心。

對著這一種人，
如果還想繼續堅持、等待或付出，
可能到最後也是完全沒有意義。
但是也只有如此，
在換來更多更深的傷害的同時，
才會開始學懂，
如何對這一個敷衍自己的人，
開始心淡。

/　就算再認真地喜歡，
　兩個不適合的人，
　還是無法一起走到最後。
　你越是想要在乎，
　越是會讓你感到一無所有。　　/

The first way I miss you

有時我們會以為，只要用更認真的態度，
去喜歡這一個讓自己不快樂的人，
對方有天會受到感動，甚至可以變得喜歡自己。

但往往，就算再認真地喜歡，
甚至向對方交出自己的所有真心，
兩個不適合的人，還是無法一起走到最後。
就算曾經有過更深刻的回憶，那些矛盾與衝突，
還是會逐漸消磨彼此的耐性與溫柔……
到有天你終於忍不住了，決定跟對方坦白說清楚，

但是對方可能早就已經想要放棄,
不論你們有沒有過愛情,或是只剩下淡薄的友情。

此刻他尚未離開,並不是他對你還會在乎,
就只不過是沒有太迫切的理由,
就只不過是你沒有讓他更厭倦而已。

你不快樂,他看不見。
你累透了,他也不在乎。
你感到委屈,他怪你小題大做。
你繼續付出所有,他也不會更加珍惜。

你反問自己,是不是做得未夠好,
你探問旁人,是不是還可以做得更好⋯⋯
但其實答案也是顯而易見。

如果換作是旁人,你也應該會知道,
即使你更不快樂,他也不會有半點同情,
即使你力竭筋疲,他還是會輕易捨你而去,
你為他受盡委屈,他會認為你是自討苦吃,
你付出更多更多,他也可以說一切與他無關⋯⋯

其實你不是不知道,
對一個不對的人,懷有太多不應該的期待,
到最後也只會是一場徒勞。
不是你不值得擁有別人的在乎,
而是他不會將你好好放在心上,
你也更不可能會得到他的在乎。
偏偏,越是得不到,
越是會覺得自己若有所失,
越是在乎,越是會想到自己一無所有⋯⋯

然後,你繼續不快樂,他繼續視而不見。
你以為自己累到盡頭,到時候就會捨得放手。
但是當你已經太習慣這一種疲累,

當你已經太習慣讓自己逆來順受,
當你已經習慣去自我催眠、欺騙自己 ——
或許,他不是不對的人,不對的人就只有你自己……

或許,不要去嘗試改變他,
我們應該要嘗試去改變自己,
去適應眼前的難過與困苦……

他帶給你的一切苦痛,反而變成你唯一的舒適圈。
你以為這一切可能還會有轉機,
只是經過了多少春秋,一年又一年,
你還留在這裡,依然困在這裡,
你……又是否真的沒有半點後悔。

/ 就算如何喜歡一個人，
　你也要留一條底線給自己。　/

The first way I miss you

其實你知道的……
如果他根本不懂得珍惜你，
那你也不能夠一直浪費自己的善良與溫柔，
偶爾你還是要好好地愛自己，哄哄自己開心。

只是說很容易，要做到就很難……
因為始終會不甘心，不甘心他身邊的人不是你，
不甘心自己的好一直被蔑視，不甘心你為他付出了這麼多，
但為什麼還是不可以成為他眼裡的主角……

再不甘心更多，
你知道也只會讓自己更加難過。
但不甘心，也並不是你的所願……
如果可以，你也想繼續心甘情願地喜歡一個人。

只可惜，如今你也再無法回到，
簡單純粹地喜歡一個人的那種心情。

/ 如果他始終不會喜歡你,
　 那你又何必再與他糾纏下去。　 /

The first way I miss you

糾纏⋯⋯
其實一直以來,你都盡量避免,
會讓他對你有這一種糾纏的感覺。

從前你每天都會傳訊息給他,
但是現在已經不敢再隨便傳他短訊。
你知道如果對方不需要自己,就算有多難過或寂寞也好,
也應該要努力讓自己消失、或是靜靜地走開,
不要為別人和自己帶來更多尷尬與難堪。

只是偶爾，他又會回來找你，
讓你彷彿覺得，如果真的就這樣走開了，
其實是你太小器了，其實是你未有做好朋友這個本分⋯⋯
但是漸漸你也分不清楚，他到底是想念你、需要你，
還是只不過對你有一點歉疚。
他並不是真的需要你，但是他不想你就這樣子走開，
不想你們的關係以這種方式來完結。

有時你也會寧願是自己一廂情願。
總有天你會清醒過來吧，總有天你可以離開這一個迴圈⋯⋯
但是他還是會偶爾主動來找你，又會再漸漸遠離你。
是自己真的太過糾纏嗎？
是自己根本不值得他的尊重與認真吧⋯⋯

又或者其實，是他從來都沒有為你想得太多。
他不討厭你，但是他並不需要你。
你為他想得太多太深，但你在他的心裡，
從來沒有佔有一個特別的位置。
所以他不會注意到你對他所做過的一切，
甚至乎，他也不覺得你對他有太多糾纏，

因為他依然可以輕鬆地轉身離開，
你卻會為了他的忽冷忽熱而一再自責⋯⋯

其實並不是你的問題，
就只是他對你沒有太多的喜歡，以及太深的在乎。

83

The Second Way
I Miss You

/ 他喜歡你的好,
　　不等於他喜歡你這個人。
　　他有時會找你陪伴,
　　不等於他想要對你依賴。　　/

The first way I miss you

他不開心時會找你訴苦,不等於他想和你分享他的一切。
他偶爾會對你表現關心,不等於他想認真了解你的生活。

他說他想念你,不等於他很想要立即約你見面。
他說他夢見你,不等於蘊含著哪些曖昧的意思。

他告訴你你很重要,不等於他最重視你的感受。
他想要你留在他的身邊,不等於他想要與你一起成長。

他有時會主動親近你，不等於他也歡迎你對他這樣主動。
他有時待你不像普通朋友，不等於你就擁有可以越界的資格。

他答應你一個你期待已久的約定，不等於他真的想要為你完成。
他希望你以後繼續做他的朋友，不等於他想要和你友誼永固。

他還會記得你某些喜好習慣，不等於他將你放在最特別的位置。
他那天陪你談電話談到凌晨，不等於他曾經對你有過一點動心。

他對你說你真的很好，不等於你已經成功留住他這個人。
他那天突然對你說對不起，不等於他以後就願意為你改變。

他始終和你糾纏不清，不等於他會不捨得你的離開。
他對你總是若即若離，不等於他就只對你若即若離。

他依然會看你的限時動態，不等於他對你還會念念不忘。
他想要你留在他的身邊，不等於他想要與你同行共老⋯⋯

他後來漸漸沒有再來找你,
不等於他對你有過半點虧欠,
不等於他心裡有任何遺憾,
不等於他是想要還你自由,
不等於他是為了你好,
不等於你曾經在他心裡,
佔有過一個重要而特別的位置,
不等於他將來偶爾還會感恩,
你對他所付出過的這一切一切⋯⋯

到頭來,你也只是他生命裡的其中一位過客,
沒有特別難忘,沒有一點深刻,
就是如此而已。

The Second Way
I Miss You

/　有時最難的，
　並不是無法得到一個認真的答案，
　而是我們其實早已知道答案，
　但還是寧願留在對方身邊，
　讓自己可以再一次入戲太深。　/

The first way I miss you

「如果你不喜歡一個人，你會直接拒絕對方嗎？」

「看情況吧，為什麼你會這樣問呢？」

「我想知道，如果他不喜歡我，為什麼始終沒有直接拒絕我。」

「或許，他不想傷害你，又或許，他沒有想過要回應你？」

「我也不知道，但是我們依然會見面，仍然會經常傳短訊聊天，他不開心的時候，也會找我陪伴。」

「這樣相處,你覺得快樂嗎?」

「有時也算快樂,只是還是會想,如果他知道我喜歡他,為什麼還要這樣和我交往下去?」

「你有直接問過他嗎?」

「有,他說他不想失去我,他希望在他的人生裡,會繼續有我的陪伴,情人會分手,但朋友不會。」

「他很自私呢。」

「他也承認自己自私,有時我會想,他這樣算不算是一種拒絕,其實他不喜歡我,又不想傷害我。只是偶爾他又會做一些事情,讓我覺得我們不只是朋友⋯⋯」

「例如呢?」

「我們上街的時候,偶爾他會牽我的手,或是與我靠得很近⋯⋯若是朋友,真的會這樣嗎?」

「你其實知道答案啊。」

「唉,我知道,他心裡其實有喜歡的人,只是他也對我有好感。」

「你其實真的知道答案啊,朋友不會這樣曖昧親密,情人不會這樣若即若離,到頭來你們什麼都不是。他不想失去你,也不想對你負責,就只是如此而已。他自私,你明知如此,卻又不捨得放手,再繼續貪戀那點親密溫柔,真的是你原本想要達到的目標嗎?」

「⋯⋯可能是因為,既然我無法跟他在一起,那麼我可以留在他身旁再多一段時間,這樣也是好的。」

「嗯,或許如此,但你知道有天總會完,他有天還是會走,而你現在卻是入戲太深。」

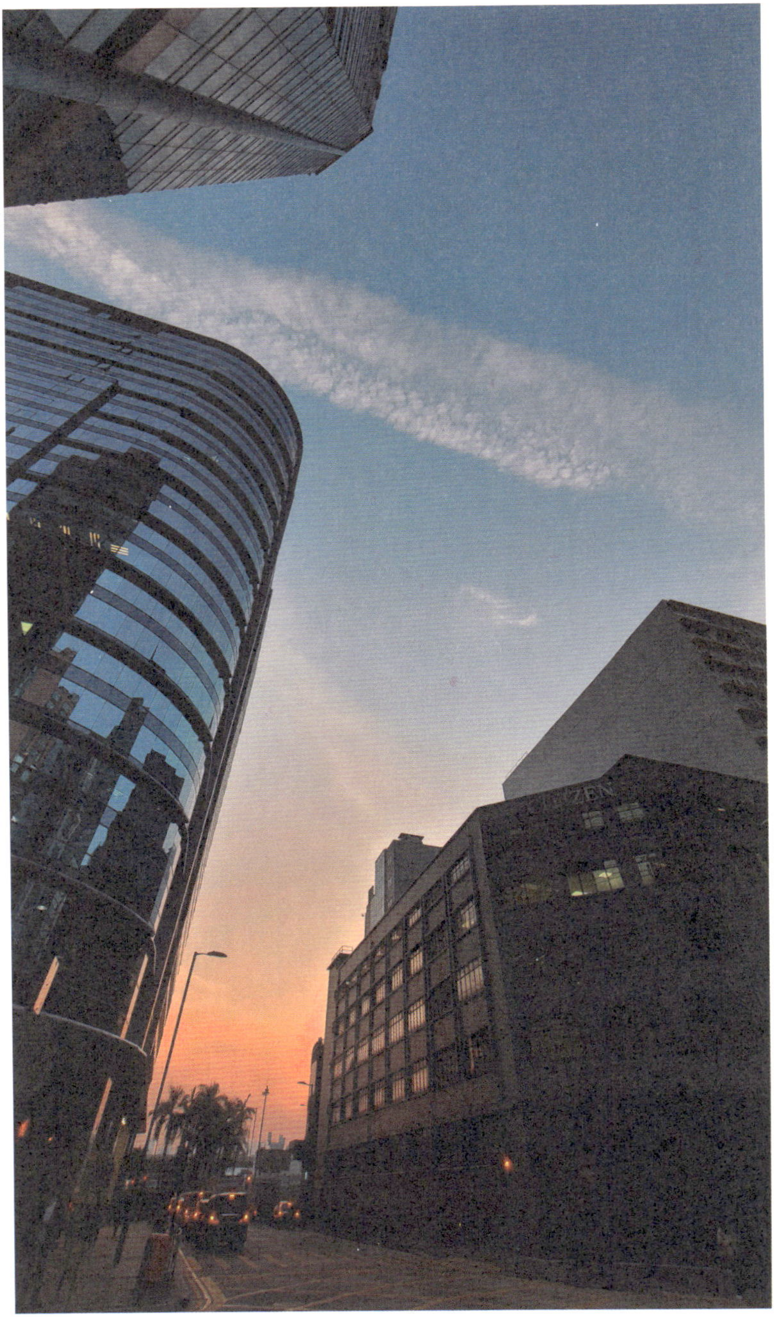

/ 忘記一個自己很喜歡的人，很難。
讓這一個喜歡的人重新喜歡自己，更難。　　/

The first way I miss you

很多時候，
我們都無法忘記那一個喜歡的人，
同時也沒有辦法讓對方重新喜歡自己，
就只能夠眼睜睜地看著對方與自己越來越遠。

即使你願意為他去改變自己、為他去做任何事，
但或許，他並不需要你的改變，
他也可以找到另一些人，去為他做到他想要完成的事情⋯⋯
你改變得再好再溫柔，你也只會變成一個好人，
並不等於他會重新喜歡你這個好人。

而另一個問題是，你又真的想這樣去改嗎？
如果他明確表示他不會再喜歡你，你又會繼續去改嗎？

但有些人會選擇繼續努力去改變自己，
以為只有如此，才有更多本錢去留住這一個人。
即使他們也明白，並不是之後再去改好什麼，
就可以立即去改寫那一個遺憾……
只是來到這天，自己始終無法就這樣釋懷，
也不知道怎樣才能夠排解這一種漫長的難過。
於是你更努力上進，讓自己變得更加忙碌……

而這已經是你當下所能夠為對方去做的唯一一件事情。

/　你是在等一個回覆，一個笑臉，一個奇蹟，
　　還是等一個放過自己的可能……　/

The first way I miss you

每一次，
當他越來越遲回覆你的訊息，回的字數越來越少，
你就知道，他大概又認識了新的朋友，
他不再需要你的陪伴，之後他會越來越少找你。

其實已經不是第一次發生這種情況。
就只是你還是會對這一個人執迷不悟、期待太多……
你始終還是相信或想信，他也會在乎你，
他也有喜歡過你，他仍然需要你，
所以他才會回來找你。

雖然他沒有很堅定地想要和你在一起，
雖然他依然會是你的唯一選擇，
雖然你始終不知道自己排在第幾名位置⋯⋯
雖然你已經不會奢望太多⋯⋯

但你依然會等他的回覆，
等他哪天回來找你，等一個奇蹟出現，
回到從前那樣的親密無間⋯⋯
這或許不是奢望，你卻始終沒有放過你自己。

/　他說,你們可以繼續當朋友,
　　只是他沒有說清楚,
　　是漸漸不會再聯絡的朋友。　/

The first way I miss you

「其實,還可以和他繼續做朋友,我應該要感到慶幸。」

「但是⋯⋯你仍然喜歡他,對嗎?」

「喜歡,但是我也知道,他不會喜歡我。若是如此,那麼不要再往前一步,安守在朋友這個位置,對大家來說可能較好。
雖然不可以成為情人,但至少我可以用朋友的身分,繼續陪在他的身邊,一起成長,一起經歷更多,那不是也不錯嗎?」

「唉,與其說你是以朋友的身分,陪在自己喜歡的人身邊,不如說你是以陪伴的名義,讓自己有藉口陷得更深。你知道,你們不會在一起,而你也不會踏前一步,因此也不會再有更多理由,勉強自己心死。而你和他真的是朋友嗎?你對他,始終不會可能做到真正的坦誠交心,總有天你們還是會漸行漸遠,又或是他會察覺到你的不自然,漸漸變成一對不會再聯絡的過客或陌生人。」

他說,你們還可以繼續當朋友。

只是之後,你們就變得不再親近,
你傳他手機訊息,也漸漸得不到他的回覆。

你心裡想,這才是實情吧,
可以繼續做朋友,有時就只是場面話,
或是廢話。

但你仍會記得,他最後對你說,
你們會是一輩子的朋友⋯⋯
然後你才發現,原來不再見面的朋友,
也可以算是一輩子的朋友,
原來他最後也沒有欺騙自己。

原來就只是自己一個人太過認真。

其實你不是不知道,你不應該對他有半點心軟⋯⋯
哪怕只是一次半次,就算那一刻的感覺是甜的,
但遲早他還是會故態復萌,
最後你還是會付出代價、受到傷害。

然後,當你一次又一次心軟,
一次又一次受到更多的傷害,
你想離開,他又回來找你、你再心軟⋯⋯
漸漸你會適應這一種循環與節奏,你會開始覺得,
這一點苦澀與無奈,原來也不算得什麼⋯⋯

更苦的滋味,
你都已經嚐過了,再苦下去還有差嗎?
再繼續如此下去,
你也會安慰自己,並不是真的那麼難過,
至少還有機會,換到一點虛假的甜⋯⋯

你知道的,你真的知道⋯⋯
對一個不對的人心軟,到頭來還是只會懲罰你自己。
道理是懂的,可惜你始終都做不到對他絕情。
又或者,你不是真的做不到,
就只是你還未捨得離開他的世界,
為自己再去勇敢多一次。

/　有些人與事,真的不可以再有下次。

但就只怕,你不想再有下次,
對方還是會再回來找你,
給你一些不能肯定的願景,
然後你又再一次忍不住心軟,
又再一次委屈你自己。　/

The first way I miss you

「總有一天,我不會再讓自己去找他。」

「那⋯⋯大概會是什麼時候?」

「如果有天,當他找到一個比我更好的人,他和那個人在一起的時候,會比我更開心⋯⋯到時候,我會自動靜悄悄地消失。」

「那時候你會真的捨得嗎?」

「我不知道⋯⋯但我知道,如果那天真的到來,我就也再無法去欺騙自己,再說什麼只要他開心、我就會一樣開心的謊言⋯⋯然後我會開始感到後悔吧,我會一直反問自己,為什麼我們曾經那麼快樂親近,但是始終沒有在一起?然後⋯⋯這樣子的我,應該只會讓他漸漸感到討厭吧⋯⋯那倒不如,在他討厭我、被他冷落之前,我自己首先走開,至少還可以換到他的一點懷念與尊敬?」

有時我們會想,只要不對人抱有太多期望,
那就不會讓自己有機會失望,甚至受傷。

是因為曾經對一個人有過太多失望,
所以才會希望以一種看似抽離的態度,來保護自己⋯⋯
但其實,不會再去期望更多,不等於之後就不會失望,
因為所謂失望,並不是純粹看每一次你付出了多少期望,
而是看你一直以來對那些人與事投放過多少認真與時間,
但到最後卻得不到你應該得到的回報與尊重。

你或許可以抽身讓自己止蝕，
但投放過的感情不可能說停就停、說散就散……
當對方依然不會為你做出任何改變，
你特意為他而改變的不去期望，
還是會為你帶來一種無可奈何的失望。

雖然，你或許不會再讓自己變得更加沉溺，
然後換來更深的傷害。
但如果你仍然會繼續跟那一個人交往，
如果他始終不會對你太過認真，
漸漸你還是會受到傷害吧，
你再淡然，終有天還是會感受到失落與委屈……

其實，讓自己不要再對一個人有太多期望，
有時候就只不過是讓自己留下來的一個藉口而已。

很多人都說，
當一個人如果真的完全心死了，以後就很難再回頭。

只要當對方犯了一些很嚴重的錯，
例如變心、背叛、欺瞞、出軌⋯⋯
越過某些道德或價值觀的底線，
人就會比較容易變得理智清醒，
再喜歡或不捨也好，也會開始思考是否值得繼續堅持下去。

但如果，對方一直都沒有犯那些嚴重的錯呢？

有時難耐在於，
自己很想離開一段不被對方珍惜重視的關係，
但是對方也不是一個完全沒有優點的人。
他沒有很重視你，但是他也沒有對你很壞，
甚至偶爾也會讓你擁有快樂的回憶⋯⋯
你也不是真的想從此放棄這一個人，
只是你已經為這一個人投放了很多時間與感情⋯⋯

是的，完全心死之後是很難再回頭，
但是真的由衷地喜歡了一個人，也是很難再學會完全心死⋯⋯

對嗎？

/ 說一句放下了,但是他在你的心裡,
　　反而變得更重要,更難以從此割捨。　　/

The first way I miss you

後來,你都會在別人面前,
努力表現得可以放下,可以比從前更快樂自在。

但你不是真的豁達,你只是不希望,
再繼續執迷於那一個他,然後又再忍不住想去確認,
自己在他的世界裡還有多重要時,
反而顯得你自己更加卑微⋯⋯

所以你只好用一種彷彿不在意的態度,
用一些刻意不討好的話語,

來掩飾自己其實仍然有多麼想靠近對方,
以及得到那些難以得到的喜歡、重視與認真。

而其實,他依然是你的世界裡最重要的人。
你始終無法在他的目光與笑臉裡,找到你的身影,
以及屬於你的溫柔………
從一開始,這就已經不是一場彼此地位都對等的比賽。
於是,你越是努力去表現得,
自己已經不再受到他的束縛與支配,
你內心就反而越會感到,自己有多麼可笑和狼狽。
你不想再讓自己在其他人面前變得更卑微,
但那一點卑微還是會在你的心底裡。

/ 有些疲累，
　或許只是未能找到一個真的懂你，
　願意陪你的誰。　　/

The first way I miss you

「我累了，真的，我已經很累很累了。」

「可以讓自己暫時休息一下嗎？」

「我也想，但很多時候根本不容許我停下來⋯⋯如果我停下來了，我知道我會被打回原形，過去的一切努力都會付之一炬⋯⋯我只可以繼續主動去做得更好、做得更多，不可以犯錯，也不可以奢想會得到別人的幫忙與同情。」

「但偶爾你也會不想再對人假裝，去做一些自己喜歡的事情，去找一個真正明白自己的人，是嗎？」

「我已經不知道自己還喜歡什麼,我也不再期待找到一個真正明白自己的人⋯⋯我可以付出更多的心機與時間去靠近一個人,但很多時候,不是你付出了多少,就可以換回多少,就可以留住那一個人。然後當我對那個人投放了太多期待,而他始終不懂,反而讓我找到了更多的失落⋯⋯那我還應該要再期待什麼呢?為了可以堅持下去,就已經消磨掉我所有的力氣。」

/　其實你不必在人前假裝堅強。
　但如果不假裝，
　明天可能就很難繼續撐下去。　　/

The first way I miss you

比起假裝堅強，有時人會更害怕，
當自己感到軟弱無力的時候，發現身邊並沒有任何人，
其實沒有一個人可以陪自己走過那些脆弱不安的時刻⋯⋯
有時假裝堅強，不只是為了掩飾自己的軟弱，
也是想要自己別再記起，這些日子以來有過的寂寞與孤單⋯⋯

你知道自己可以選擇不假裝，
只是你還未找到一個人，願意去理解你的脆弱，
願意陪你一起面對未來的殘酷與幸福⋯⋯

你不是完全不軟弱,
但你只會在那一個人面前表現出你的軟弱⋯⋯

但你仍然在等那一個人的回望。

一直以來,你都是這樣一個人撐過來的⋯⋯
別人看你好像很堅強,但其實你真的只是強撐過來而已。
你只是變得習慣去對別人說,你已經放下了、釋懷了,
但並不等於你是真的可以完全對那些舊人往事不再介懷⋯⋯
你不是機械人,依然會有無法看開、會執迷不悟的時候。
勉強自己說已經放下了,也只會讓你自己變得更難過。

而更多時候,現實的生活,以至周遭的氣氛,
也未必容許你去對人表示,你其實還未可以放下⋯⋯
也許根本就沒有人會再關心你過去有多痛、傷口依然未復原,
大家卻比較有興趣去知道,你最近有哪些新的經歷與傷口,
有沒有一些可以和他分享的秘密。
於是你會更盡力逃避,別人有心或無意地提起他的近況與往事,
你不能夠奢求別人接受或是體諒,
那一個軟弱的、還會念念不忘的自己。

然後當有一些,
你真的無法應付得到的困境出現在你眼前時,
最初你可能還會嘗試積極去面對,
但漸漸你就會感受到,一種嚴重的孤單感⋯⋯
彷彿沒有人可以理解自己,彷彿沒有人願意陪伴自己,
但你不是責怪別人,因為在最初的時候,
是你自己一手推開他們的扶持,
是你自己的堅強營造出這一種不需要同伴的錯覺⋯⋯

到頭來,彷彿就是自己選擇逞強不對。
但不是這樣的,並不是你不應該對人逞強⋯⋯
你只是還未遇到一位,即使你一直都在逞強、都在假裝,
但仍然願意陪著你、細心去理解你面具背後的人。

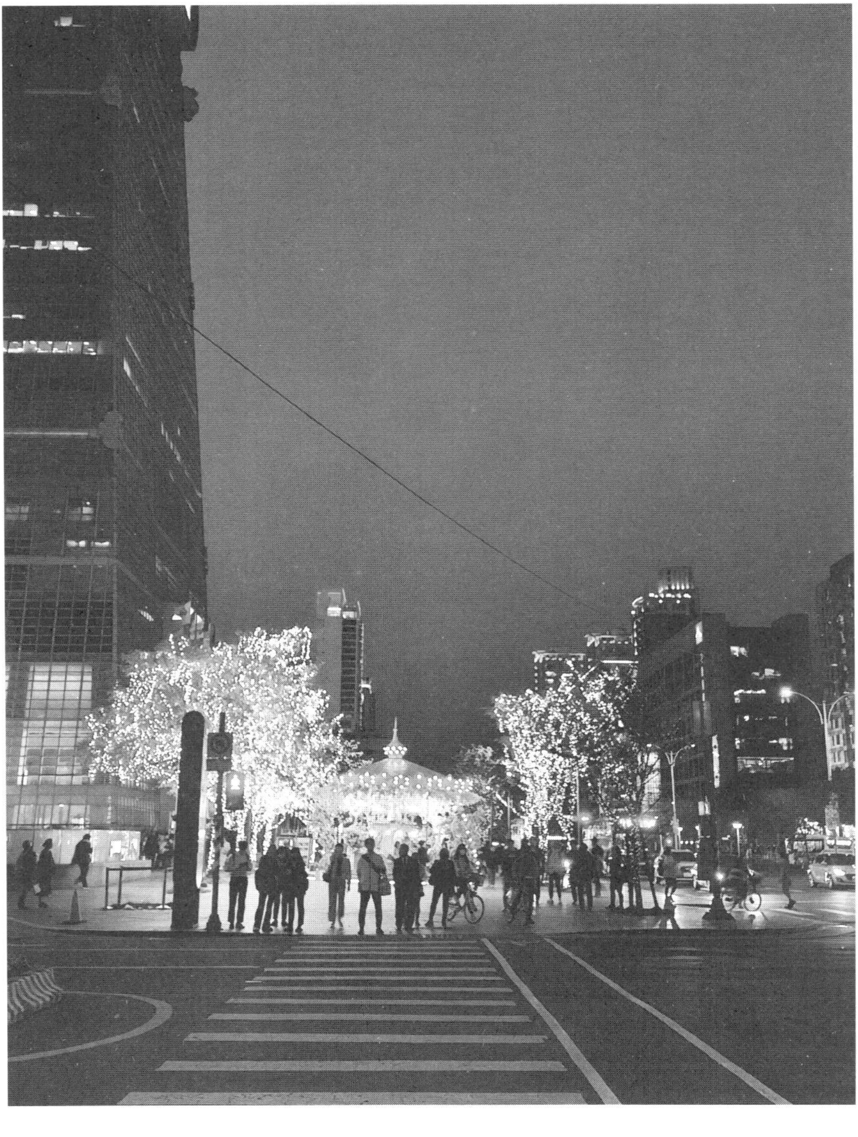

/ 死心是學不來的，
一個人根本不可能，
對另一個自己本來太在乎的人，
做到真正死心。　/

你曾經試過這樣嗎……
想放棄一個人，但是始終都放棄不了。

有多少次明知道自己應該離開，
最後還是會在對方的不遠處一直徘徊，
仍是會忍不住回覆他的訊息，留意他的近況。
你告訴自己不會再主動，
可你就是無法完全做到斷絕來往。

這樣子的情形，與其說放棄，
不如說自己其實還在等待。
可能你沒有一個很明確的等待目標，
可以是等待一個可能，或奇蹟
也可以是等待一個答案，讓自己徹底地心死。
其實都明知道不會還有可能，
但你已經試過太多太多次苦苦堅持，
於是你開始嘗試用這一種比較抽離的方式，
在一個不太遠的距離，不會太困倦的節奏，
希望讓自己不會留下太多遺憾。

但往往，這樣拖拉下去，
那點遺憾未必可以得到彌補，
有時反而會累積更多更深的疲累，也會換來更多的不甘心。
到最後，自己竟然會陷得更深，
就算真的好想放棄，到時也已經變得身不由己，
又或是無法變回從前那一個快樂自在的你。

/ 有些人以為只要自己累積足夠的失望，
　人就可以學會放手，
　但其實是連自己也欺騙了。　/

The first way I miss you

偶爾你會想，是不是只要失望夠了，
你就會可以放下這一個讓你一再失望的人？

但嚴格來說，那只是被傷害到變得麻木了，
你不敢再去抱有期望，但那也不等於，
你從此就可以放下那些人與事⋯⋯
所以有時候，有些人以為只要自己累積足夠的失望，
人就可以學會放手、可以忍心離開、不要再見，
但其實是連自己也欺騙了。

越是累積更多的失望與傷害，越是不甘心就此離開，
甚至是再也沒法離開⋯⋯
然後唯有讓自己學會冷眼面對，麻木掉自己的感覺，
告訴自己開始放下了，只要再沒有新的刺激痛楚，
就不會有人發現，自己其實從未放下與忘記。

雖然，人的耐心都總有一個極限，
也不可能永遠無條件地付出下去⋯⋯
當時間到了，疲累透了，就自然會放手離開。
有些人可以很乾脆地離開，以後不會再沉溺下去。
但有些人可能會重複數次想離開、卻又不捨得的過程⋯⋯
而有時候最困難的，就是即使離開了，
那一份喜歡的心情並不會就此完結，
然後又會忍不住想為對方付出更多⋯⋯
始終都無法做到真的了斷。

就算心底會提醒自己，
仍然喜歡，並不等於要為對方無了期地繼續付出，
但很多時人會感情用事，
你知道自己沒有義務為對方再做更多，
但當對方有求於你時，有些人會視為這是應該珍惜的權利。

明知道不可能，明知道不應該繼續下去，
明知道不會得到幸福……
但最後還是會不捨得放手離開，還是會相信一個奇蹟或可能，
到頭來反而讓自己變得遍體鱗傷。

因為我們不可能每一個時刻都保持理性，
尤其是面對一段依然在乎或曾經重視的關係與感情……
你會想，自己已經付出過這麼多，但還是未能如願，
或是又會想，如今就算再難過，彷彿也沒有昨天那麼難過了，
然後又會高估了自己或是對方的認真與情深，
相信自己或對方還可以改變、會為自己改變……
偶爾我們又會一廂情願地想，
只要可以狠心的、撇脫一點的放手、離開，
那就可以找回那一個原本快樂自由的自己吧？

但對某些人來說，離不開，反而才會讓自己感到心安，
然後一邊寄望那個某天狠心離開的遠景，
一邊讓自己繼續留在這一個已經習慣適應的舒適圈裡。

是很笨很傻，但要記得，
這也只是其中一個過程。

/ 選擇留下來,並不是為了他,
也不是為了任何人,而是為了那一個,
曾經放開所有的那一個自己。　/

The first way I miss you

「有多少次,早上醒來,我看著手機,看著鏡子,我問自己,是不是應該要離開,是不是要放手了⋯⋯再繼續留下來,又真的會得到我想要的東西嗎?再苦苦堅持不放手,感覺卻越來越陌生,我又真的可以做到想做的事情、還可以說出我想說的話嗎⋯⋯」

「嗯,那最後,你有試過離開嗎?」

「每一次,我還是選擇留下來了⋯⋯」

「為什麼會留下來?如果你本來就會想,留下來也是做不到什麼、改變不了什麼。」

「我也不知道⋯⋯也許是因為,我已經習慣了這一種生活?即使得不到重視或是一個回應,但至少我可以繼續留在這裡,再陪他多一點時間⋯⋯」

「即使其實,他不一定需要你的陪伴?」

「但是他偶爾還是會跟我說,我很重要。」

「這是他的真心話嗎?」

「我也不知道⋯⋯但有時我也會想,如果我就這樣突然一走了之,好像有點小器,有一點不負責任⋯⋯我應該還可以再做一點什麼,去嘗試改變一些事情,至少不會讓自己將來留有更多後悔或遺憾⋯⋯」

「但其實⋯⋯」

「嗯?」

「你真的覺得自己還可以改變什麼嗎?這樣再為他找藉口,也只會讓你自己更難離開吧?總有天,你會連離開的最後一點力氣都消磨掉的⋯⋯」

「可能吧⋯⋯又或許這是一種反證,其實我不是真的想離開?」

「唉⋯⋯離開或不離開也好,我就只望你自己真的心甘情願,真的會覺得開心、會感到值得,並且將來不會後悔。」

「我也不知道自己將來會不會後悔,可能明天醒來,我還是會繼續這樣反問自己吧⋯⋯但是,謝謝你願意陪我說這些話,真的謝謝你。」

「唉。」

「我們其實已經很久沒有見面了⋯⋯」

「不是你很久沒見他,是他沒有找你,而你仍會期待他來找你。」

「⋯⋯但如果我這刻放手了,我知道自己會不甘心。」

「但你一直留守,一直繼續變得更不快樂,你也可能會變得更不甘心啊?我知道你怕自己會後悔,但將來有天你回頭看現在的自己,你有信心說自己一定不會後悔嗎?」

「⋯⋯我不知道,我只知道,現在我還喜歡著他,他依然是我最重要的人。」

「是啊,他依然會是你最重要的人,但你不必讓自己繼續飾演那一個可有可無、隨時會被忘記忽略的角色⋯⋯你可以默默地喜歡他,但不要再將自己的底線降得更低了,你要記得,你也是值得讓別人去愛,你付出的愛情,也是值得被人重視與珍惜。」

「⋯⋯但是,我真的不知道應該如何走出來,又或者,快不快樂都好,我已經覺得無所謂了,只要可以再見到他,我就已經再無他求。」

「唉,我知道⋯⋯但我會繼續陪你,直到你有天想要放過自己為止。」

/　與其說你不忍心離他而去，
　不如說你不甘心他沒有將你留下，
　沒有成為他真正離不開的唯一。　／

The first way I miss you

「我知道自己應該放棄，但每次都總是不捨得。」

「你不是不捨得，你是從來都沒有得到過，你就只是不甘心。」

「我真的沒有不甘心⋯⋯其實我也得到過一些本來不屬於我的溫柔，可以在一個不遠的位置守護他、陪著他成長，他有心事的時候都會告訴我，他有時也會對我說我很重要⋯⋯」

「但是你始終不會是他最想要在一起的人。」

「我也想過離開,只是每次想起他的好,想起我們有過的回憶,我又捨不得就這樣放棄、就這樣離他而去。」

「或者,換一個角度去想,他的好,並不是只屬於你,並不是只為你一個人而去做⋯⋯那些你珍而重之的回憶,他也是真的跟你一樣重視、或是念念不忘嗎?你捨不得離開,但其實他從來沒有認真挽留你,就算你留在原地,他也不會對你更加認真⋯⋯與其說你不忍心離他而去,不如說你不甘心他沒有將你留下,沒有成為他真正離不開的唯一。」

「我真的已經很努力了。」

「嗯。」

「我曾經很努力地希望讓他喜歡我,現在我也很努力地想要從此忘記他⋯⋯但對於他,每次我越是努力堅持,越會發現我的不斷努力,都不過是一場徒勞無功。就算更努力,也只會發現自己不可能做到,但我也只能繼續努力下去,將那個不喜歡我的他,一點一點從我的世界裡洗刷割捨。」

「而你本來並不是一個很努力的人來呢。」

「嗯……」

「是因為你對這一個人有太深的喜歡，才會讓你對他的一切事情都過分認真。其實並不一定是很努力去做，才可以真正忘記這一個人。但你還是會不自禁地變得更努力認真……彷彿這才是自己真正喜歡過一個人的憑證。」

「……通常一個人要等到什麼時候，才會開始學會對另一個人死心？」

「其實，死心是學不來的……一個人根本不可能對另一個自己本來太過在乎的人，做到真正死心。」

「那為什麼……有些人可以做到對另一個人死心？」

「他們不是死心，真要說的話，其實就只是完全地斷絕往來……就算以後偶爾會留戀，偶爾會不捨，但是都不會有機會讓對方知道……就算有過多少感情與恩怨，但是都會將對方當成一個最陌生的人。」

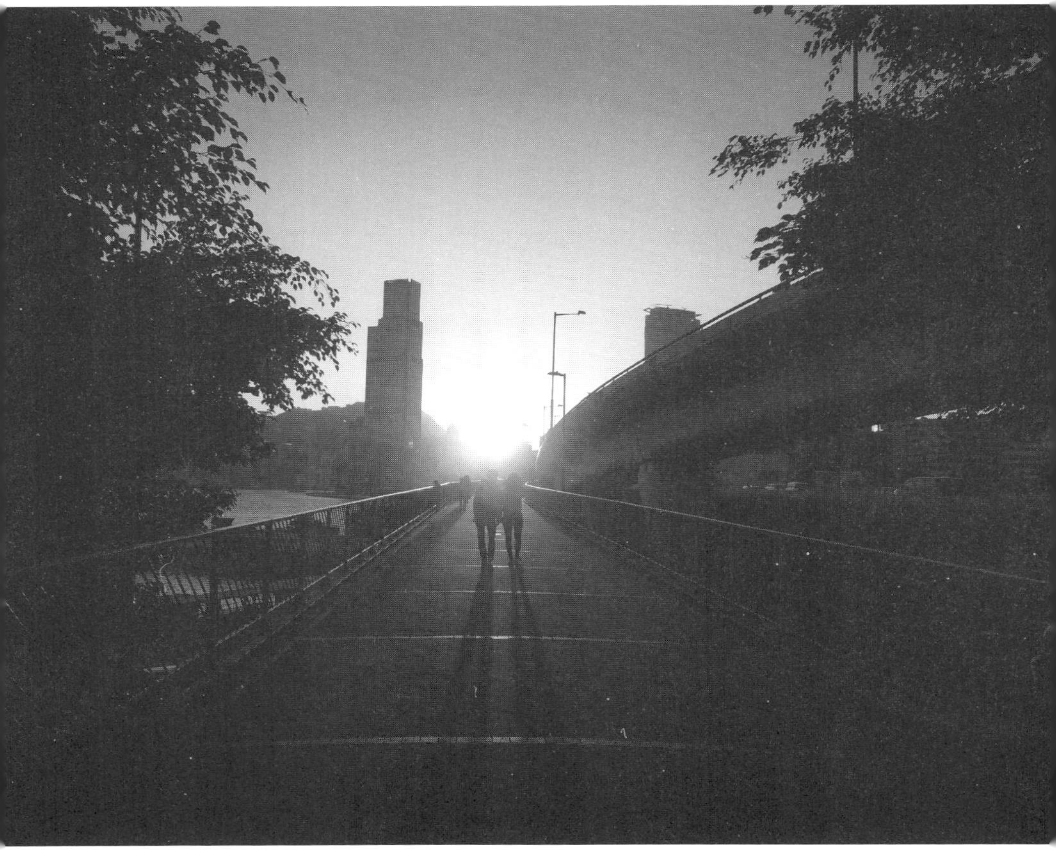

/ 如果可以,
真想從未認識過他,然後和他再一次相遇,
或繼續做一對純粹的陌生人。　/

The first way I miss you

如果可以,
你也想好好地,重新過日子。

如果可以,
你也會想回到當時,
收回那一句衝口而出的話,
好好向他說清楚,你的真實感受和心意。

如果可以,
你也想得到應有的重視,
不會被對方突然捨棄,不會被那誰一再遺忘⋯⋯
可以站在一個對等的位置,不需要再單方面仰望或追趕。

如果可以,
你也想不再受到他的影響,
不會再執迷執著,不會再無助不安,
不會再因為他的一言一行,而無止境地想得太多。

如果可以,
你也想放下手機,不需要再追看他的訊息,
或因為他的已讀不回而苦笑,因為他的限時動態而想得太多。

如果可以,
你也想遠離這個地方,找一個沒有人認識的城市,
讓自己可以暫時放下,那些積累已久的情緒與鬱結。

如果可以,
你也想放自己半天假期,不要讓誰找到自己,
也不要讓自己再掛心太多,再為那一個抓不緊的誰,
而太過耿耿於懷。

如果可以,
你也想自私地任性一次,不用再顧慮其他人的感受,
說想說的話,見想見的人,想哭就哭,想醉便醉,
就算偶爾會痛會受傷,但至少可以痛快盡情。

如果可以,
你也想和對方重新開始,更好好地認識和了解彼此,
不會再錯過對方,不會再有任何誤會或爭吵,
不會以後都不會再見……

如果可以,
你也想找到一個人,會願意認真注視你、認識你,
可以一同經歷,互相扶持,相知相守,一起成長。
就算偶爾會相隔很遠,偶爾會很久不見,
但是你們都會相信,彼此是最重要的家人。

如果可以,
你也想找到一個人,可以讓你再一次勇敢去愛,
為他付出所有,做到最好。
即使將來未必會得到,一個你最想要的結果,
即使最後你們還是會,漸漸錯過對方,
以後不會再見……

但你還是會好想,重新再去愛一次。
如果可以。

第二種方式喜歡你

/

從前,會好想每天見面。
後來,就算再如何思念,
也會提醒不要唐突打擾。

從前,會想對方明白你的好。
後來,你可以對一個人更好,
但是也不會再留下半點痕跡。

從前,就只想找到一生相守的人。
後來,有些人還是會在中途離場,
只是他會留在心裡陪你天長地久。

/ 因為我們只是朋友。
因為我們不是真的朋友。　/

The second way I miss you

因為我們只是朋友,所以才會繼續見面應約。

因為我們只是朋友,所以才會講電話不去睡。

因為我們只是朋友,所以才會偶爾靠得很近。

因為我們只是朋友,所以才會陪對方說心事。

因為我們只是朋友,所以才會不求任何回報。

因為我們只是朋友，所以才會接受對方失約。

因為我們只是朋友，所以才會習慣已讀不回。

因為我們只是朋友，所以才會不敢越過界線。

因為我們只是朋友，所以才會知道不應再問。

因為我們只是朋友，所以才會常說只是朋友。

因為我們不是真的朋友，所以才會無法真正交心。

因為我們不是真的朋友，所以才會偶爾入戲太深。

因為我們不是真的朋友，所以才會更想確定什麼。

因為我們不是真的朋友，所以才會善於自欺欺人。

因為我們不是真的朋友,所以才會假裝從未認真。

因為我們不是真的朋友,所以才會總是覺得遺憾。

因為我們不是真的朋友,所以才會漸漸放下底線。

因為我們不是真的朋友,所以才會終於沒有退路。

因為我們不是真的朋友,所以才會一直耿耿於懷。

因為我們不是真的朋友,所以才會寧願不要再見。

135

The Second Way
I Miss You

/　總有些人，在你快要忘記他的時候，
　　若無其事地來向你問好。　　/

The second way I miss you

後來，每次遇到這樣的人，
你都會提醒自己，別要太認真。

即使他是你很在乎的人，
但問題是，他總是在他有需要的時候才會來找你，
聽他的煩惱，談他想談的話題，得到他想要的東西；
然後談完了、滿足了他的要求，他就立即消失不見，
對你的事情卻不會過問，又或是只有表面上的關心，
而從來不會有更多著緊或認真。

每次你都會提醒自己,
有些人可以交好,但不可能變成真正的深交,
就算有多在意這個人,但只要回想,
當你最難過時,那些人也是不會主動來慰問一句,
你就應該要接受或承認,其實自己在他們的心裡,
沒有佔上一個很重要的位置。

那又何苦,要讓自己入戲太深,
然後讓自己變得更卑微。

/ 與其說，
刻意不再去主動尋找對方，
倒不如說，
其實都已經不需要再刻意疏遠了。　/

The second way I miss you

有時候，
刻意不去主動尋找一個人，可以有很多原因。

可以是因為，生對方的氣，
可以是因為，不忿自己一直被對方冷落，
可以是因為，想測試對方會不會找回自己，
可以是因為，想證明自己在對方心裡還有一定的重要性，
可以是因為，真的已經等了很久很久，
不想再無止境地為對方奉獻犧牲下去⋯⋯
可以是因為，其實知道即使再主動下去，
也不可能再打動這一個不會珍惜自己的誰⋯⋯

來到這天，就算再聯繫再見面，
你也知道，已經不可能再找回從前有過的快樂與溫柔，
無論自己有多想念對方也好、無論你仍然有多麼認真，
也不過是一場徒勞而已。

因此與其說，來到這天，
你是刻意不再去主動尋找對方，
倒不如說，其實都已經不需要再刻意疏遠了。
你們會繼續生活在同一個城市裡，
只要一通電話，就可以隨時重新連接，
但是在你們之間，以後永遠都會有一道無形的隔閡，
都會覺得，何必還要去打擾對方，何必還要去折騰自己，
就算有多思念不捨，但還是選擇用最抽離的姿態，
去緬懷這一個曾經讓自己太主動的誰。

/ 如果真的很喜歡一個人，
　其實根本不可能跟對方做真正的朋友。　/

The second way I miss you

因為總會不甘心，
因為本來，在最初最初，
就是想跟對方做一對情人。
再親密再喜歡的朋友，也只可以是一對知己，
知己可以談心事，但不可以牽手，更不可以擁抱……
什麼友誼永固，也是自欺欺人。

但有些人，因為真的太喜歡對方，
也因為知道不可能跟對方在一起，
於是只好依隨對方的意願，去成為對方的好朋友、知己良朋，

當對方戀愛時，做對方的軍師，當對方失戀時，做對方的樹洞⋯⋯
當對方蜜運了，就做一對不常見面的好友，
當對方有天要結婚了，就讓自己盡量笑得溫暖自然⋯⋯

總有天，
他會漸漸忽略你這一位好友，但是你從來都不會有半點抱怨。
就算偶爾你會疲倦，會心淡，
會不想再主動尋找對方、不想回覆他的訊息，
但過後你還是會讓自己重新振作，
笑著跟對方說對不起、再繼續和對方做一對好友，
因為這是對方的期望，因為你真的很喜歡這一個人。

即使到最後，你可能還是會不甘心⋯⋯

但是也就只有這樣，
你才可以繼續留在他的身邊。
友誼永固，不是你的真正所願，
但如果真的可以如此，卻是最難得的福氣⋯⋯

是嗎？

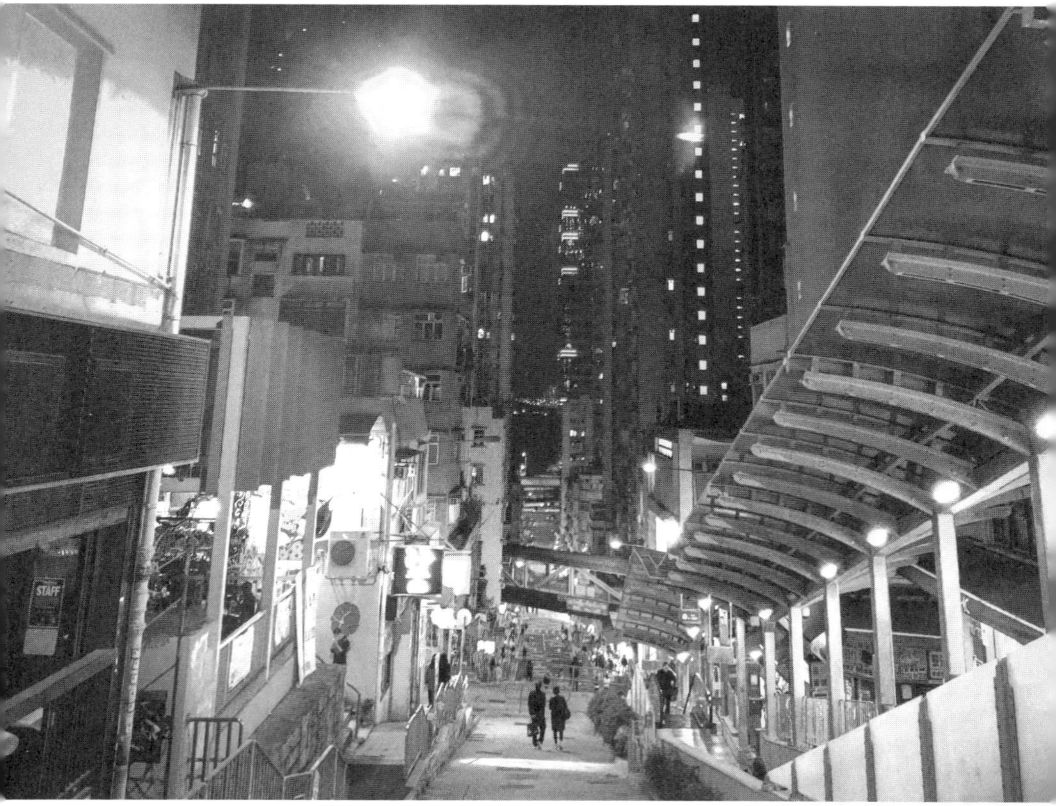
STAFF

「其實我知道不可能⋯⋯但我還是希望，能夠以朋友的身分，繼續一直陪在他的身邊。」

「但是你的希望，不一定也是他的希望呢。」

「是的⋯⋯我也知道這真的很難。可能再過一陣子，我們之間的距離會變得比現在更疏離吧。」

「所以⋯⋯你這樣單方面期望下去，又有什麼意義呢？」

「或許，是真的沒有意義⋯⋯但這也是我喜歡他的其中一個過程。我真的再沒有方法可以讓他喜歡我，我只好努力去尋找另一個方法，讓自己心死，讓他不會變得更加討厭我。」

/ 你是沒有在等,就只不過你依然沒有忘記,
那時候有過的無奈與遺憾,
曾經對一個人有過太多期待與認真。　/

The second way I miss you

偶爾他會對你說,很想念你,
但是他從來不會主動去找你,
你也很難找得到他,而你們其實已經很久沒見了⋯⋯

或許,他只是想念那一個從前的你,
而他在回憶裡就已經可以找到你了,
所以他不必再與現在的你有更多聯繫⋯⋯
而其實,想念一個人,不等於想見一個人,
也不等於就是忘不了對方、對這一個人有太深的喜歡。

即使你心裡仍然會感到遺憾,仍是會想,
如果可以再和他重新開始,可能會有不一樣的結果⋯⋯
但你其實也很清楚,你們是已經不可能,
不可以再回到從前、和好如初。

或許有一段時期,
你們是最了解對方的人,那時候你們充滿默契,
只是後來,當你重新再檢視這一個過程,
其實你們可能只是碰巧看到對方比較溫柔的一面,
你們誤會了對方就是與自己最相襯的一個人⋯⋯
而並非你們真的是對方最想要最想找到的天下無雙。
就只不過是如此而已。

就算以前,你們有過一些快樂的時光,
但也會有傷心,會有疲累的時候⋯⋯
而當有天,疲累的情緒越積越深,
再沒有力氣與溫柔,去承受他下一次的傷害時,
你就會忍不住反問自己,為什麼還要默默忍受下去,
為什麼還要守在他的身邊⋯⋯

為什麼他只是會問,你沒有再去找他,
而他從來都不會反省,他是做了哪些事情讓你心淡,
結果讓你終於可以下定決心,以後不要再主動更多,
不要再讓自己變得更加卑微。

永遠都要記得,
一個曾經可以狠心丟下你的人,
不會突然無故回頭感謝你的好。

就算他會回來,也應該要有心理準備,
他大概是有求於你,而你隨時會被他再丟棄多一次。

就算你對他還有著感情,甚至太深的喜歡,
但並不等於你就要給他一個機會去再次傷害你,
而他卻未必會回應你的認真。

即使他回來找你了,
即使他會表現得很不捨,
即使他會對你說,你是最重要的存在,
即使你也感受得到,他沒有完全把你遺忘……
但如果他之後不會再次突然消失,
那才是真正的回來,
否則,他永遠都只是一個說散就散的過客,
明年今日,他又可會記得你的苦笑。

/ 有些喜歡，
是應該要親口告訴對方知道，
但也有一些喜歡，
是沒必要再去讓對方知道。　/

> The second way I miss you

漸漸，就算有多想念一個人，
又或是有多想知道對方的近況，
你都不會再馬上打電話給對方，
甚至也不會馬上傳訊息問候。

即使明明自己是有多擔心對方的現況，
會好想知道對方此刻依然會過得好好的，
如果對方需要自己的話，如果對方不拒絕，
自己一定會馬上放下所有一切，立即趕到對方身邊。
但是從前是會這樣，
來到這天，是因為長大了，還是懂得抽離了⋯⋯

就算再著緊再想念,也就只會淡淡地關注,
默默地看對方的 IG 或臉書更新。

是因為你已經不再那麼喜歡對方嗎?
還是你終於開始學會抽離,學會放下?
但每次有什麼特別的事情發生時,
每次出現地震之類的天災意外,
每次當你聽見,他最近過得有點不好、他不太快樂時,
你的心還是會莫名的牽動,
還是會彷彿覺得,四周都變得安靜起來了⋯⋯

其實你仍然會著緊對方吧,
只是你也知道,喜歡一個人,原來可以有很多種方式⋯⋯
有些喜歡,是應該要親口告訴對方知道,
但也有一些喜歡,就只可以默默地送上祝福,
就只可以繼續相信,這天他的身邊,
一定會有另一個人對他好好的,
會繼續給予他想要的自由與幸福⋯⋯
就算我們再擔心或不捨,也是不該再為對方帶來任何打擾,
也是沒必要再去讓對方知道。

/ 總有一天我們都會習慣，
　不會再見，至少也算是一種好聚好散。　/

The second way I miss you

總有一天，你會漸漸習慣，
以後自己不會再見到他，
不會再聽到他的聲音，不會再收到他的問候與晚安，
不會再打聽到他的近況⋯⋯

即使你還是會思念這一個人，但你會接受，
他就像是活在平行時空裡的另一個人，
就算不會再交集，也是理所當然、只能如此。
就算，有天在路上幸運遇見，但他卻裝作不再認得你⋯⋯

你也會覺得,這樣也好,
這樣也算是一種好聚好散,
只要他喜歡就好。

也許,要等上很久很久以後,
才可以真的變成一種習慣。
又也許,只要他不會再主動找你,
只要他以後真的不會,
與你的世界再有交集,
就算你有多不捨得、不想放棄,
最後還是只能去接受,
去習慣這一種你不想要的轉變。

/　與其說是心甘情願,
　　不如說,其實是不知道怎樣放棄。　　/

The second way I miss you

明知道沒有結果,
但有時候我們還是會繼續喜歡下去。

有誰不想,自己的單戀可以開花結果,
但很多時候,就算沒有結果,
就算自己其實已經有多心灰意冷,
承受過多少寂寞與難過,
但我們還是努力地表現得不痛不癢,
用最平常的心情,
來繼續喜歡一個不會喜歡自己的人,

用一種看似不會再期待的態度，
去跟這一個不會再靠近的人保持聯繫⋯⋯
以後我們都不會再變回從前那樣無所不談吧，
但是這點感情，卻會隨著時間與距離的累積，
而變得越來越純粹。

看似心甘情願，但其實就只是習慣了，
就只不過是一種不想再提的無可奈何。

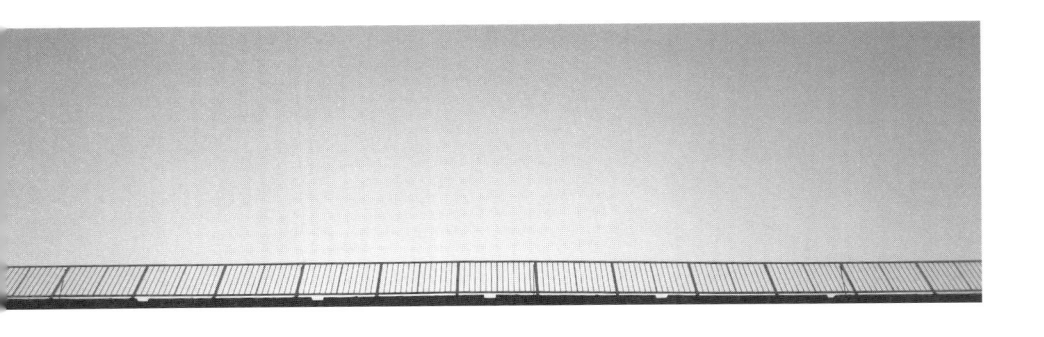

或許有天，你還是會漸漸習慣他的離開。
有些人可以很快就習慣，
但有些人過了很久很久都不能習慣⋯⋯

又或者，總有一天你會習慣，
那一個人會仍然留在你的心裡，

但是你不會再主動去找他,
就算有天偶然遇見,你還是會將他當成一位陌生人,
擦身而過……

從前,你們也可以由陌生變熟悉,
然後,漸漸可以由熟悉變回陌生……
其實沒有什麼可以或不可以,
就只看我們自己何時才能夠習慣或接受,
這一些改變,這一個無法再改變的現實而已。

以前想念一個人,

會傳短訊,

會打電話,

會約見面,

會跑到對方身邊。

現在想念一個人,

會聽音樂,

會看日落,

會躲起來,

會寧願一個獨處。

以前喜歡一個人，
會想見他，
會想太多，
會想擁有，
會想讓對方知道。

現在喜歡一個人，
會不靠近，
會不探問，
會不強求，
會不再執著答案。

想念的對象,
喜歡的對象,
或許始終未變。
就只是不再期待對方明白,
期望有天再見。

以前只想可以一直喜歡你,
現在只想你可以一直歡喜。

是否還會重聚再見,
已經不那麼重要了。

/　後來，有些說話，
　　你會放棄再直接告訴對方知道。

　　後來你才發現，原來不是每一個人
　　都真的懂得如何去愛，
　　自己最想留住的那一個誰。　　／

The second way I miss you

當你想念他，
你不會再對他說，我想念你。

你也不會再等到凌晨零時，
特意去對他說「生日快樂」。

他失戀了，你不會再主動安慰他，
不會告訴他，你還在。

他蜜運了，你也不會再微笑道賀，
不會再對他說，要珍惜眼前人。

就算有多喜歡，有多不捨，
你還是寧願讓自己默默走遠，
不要讓他知道或發現，你曾經路過，
不要讓他記起，你曾經如此在意。

因為你知道，在他的身邊，
一定還有其他人，可以對他更好。
在他的心裡，已經再沒有，
你可以陪伴或停留的位置。

有一種愛，是只要對方覺得開心，
你都會願意去做。

有一種愛，是你明知道不會有回報，
但你依然願意付出所有。

有一種愛，是你知道並不值得，
但你會繼續堅持下去，去證明自己的選擇沒有錯。

有一種愛，是始終沒有得到對方的珍惜，
但你反而會努力做得更好，希望有天可以打動對方。

有一種愛，是你有時也會自我懷疑，
如果他始終不會欣賞或接受，這些付出其實算不算是愛。

有一種愛，是你本身已經傷痕累累，
但因為你知道他需要你，於是你又變成最堅強的人。

有一種愛，是你知道對方並不需要你，
但你還是默默地付出，就算會被白費也不願退卻。

有一種愛，是你明知道有人對他更好，
但你還是會繼續用你的方式，去愛這一個可能會錯過你的人。

有一種愛，是你明白對方不可能接受你，
但你所有的溫柔、愛護與關心，卻只願意付予這一個誰。

有一種愛，是被對方一再無視或糟蹋，
你才發現還可以付出更多，才發現愛一個人竟然會如此卑微。

有一種愛,是有天你終於懂得放手離開,
你對他那一份真誠無私的愛,才算是正式開始。

有一種愛,是你寧願不再承認這就是愛,
寧願用一種淡然的方式來處理,你才可以更自在地喜歡下去。

有一種愛,是當你太想得到,但總是未能如願,
最後你終於明白或承認,這是一種執迷,就只是一場迷戀。

有一種愛,在每一個人的生命裡,
是只可能發生一次,一旦終結了,或錯過了,
以後就不會再重來,也不會再對另一個人,
投放同一分量的,甚至是更深更綿密的情感。
因為你已經將所有的熱情與溫柔,都全部傾注在那一個誰身上。

即使到最後,他都沒有好好留住或珍惜,
你的這一份愛。
即使到後來,你還是會默默思念這一個誰,
而你不會再讓他知道。

/ 你會對他更好,或更壞,
但你不會再讓他知道,你的心情。 /

The second way I miss you

你喜歡他,
所以你會對他很好很好。

他喜歡什麼,你都會跟著喜歡。
他想你做到的事,你都會努力為他做到。
他喜歡與你相處時的感覺,
因此你願意為他騰出時間,陪他上天下海,
或是與他一起用手機短訊聊到夜深。
他喜歡你的體貼關心、善良溫柔,
於是你總是會先想到他的感受,

漸漸習慣不會再想到自己的需要。
他喜歡你這一位朋友,
於是你積極飾演這一個角色,
努力向著他期待的知心密友進發。

他喜歡你在他不需要的時候,
不會為他製造任何尷尬與煩擾。
即使他曾經說過,若你有任何心事,
都可以放心與他分享;
但你知道,有些話始終不可以說穿,
有些心意,如果真的向他坦白透露,
他一定會選擇立即退卻,會不想回應⋯⋯

因此,後來,
你不會再嘗試向他表達,
自你們相遇之後,
那些一直被你埋藏的想法、心意與情感。
你寧願用默默付出與陪伴這一種形式,
不著形跡,去繼續表達你的喜歡;
又或是你會選擇,

用工作繁忙或朋友有約這些藉口,
來一點一點地對他疏遠、婉拒他的要求,
來掩飾你的寂寞、無奈、不忿與可笑⋯⋯

你喜歡他,
所以你會對他很好很好。
好到,你不需要讓他知道或發現,
好到,有天你寧願不會再對他這樣好,
寧願一個人,嘗試學習對他心死,
嘗試學著與他這一個人,抽離地相處,
直到有天他會突然發現,
不知道從何時開始,你們已經變得陌生,
你不再是這個世界裡最著緊在乎他的人,
而他也不會再是你心坎裡永遠的第一名⋯⋯

彷彿以後不會再一起牽掛,
彷彿從來都沒有任何交會,一點痕跡。

165

The Second Way
I Miss You

/ 每一個人的生命裡，
會遇到至少一個，
讓你覺得自己的喜歡與堅持
都是徒勞無功的人。/

The second way I miss you

有時會覺得，再堅持也好，
對他來說，也只不過是一種自以為是的糾纏⋯⋯
自己所做的一切，或者都不過是一種自我滿足吧，
他不會珍惜或感謝，更別說會感動了，
然後，漸漸會連自己也會認為，
一直所做的事情都是沒有意義、只會惹人生厭，
那倒不如將一切放在心底裡、不留半點痕跡，
反而還可以安慰自己說，
這是一個人的浪漫⋯⋯

據說大多數人的生命裡，會遇到至少一個，
讓你會覺得自己就算如何喜歡與堅持，
最後都會是徒勞無功的人。
但也是因為有過這一個人，我們之後才會懂得分辨，
哪些人值得我們繼續堅持下去，哪些人適宜默默放在心裡⋯⋯

有些人就算再親近再知心也好，
也只可以繼續友誼永固。
有些人就算再不捨再喜歡，
以後還是不應該再見。

/　最喜歡的人，通常不可以在一起。

但是每次再見這一個人，
你都會想起自己曾經有多喜歡對方，
甚至從未改變。

The second way I miss you

「你會回看從前的舊訊息嗎？」

「現在已經很少回看了⋯⋯你呢？」

「偶爾還是會忍不住回看，在夜深的時候⋯⋯都已經變成一種習慣了。」

「是有一些很值得回味的事嗎？」

「不⋯⋯其實只是想回看,那時候他是有多溫柔、在乎我、他有多喜歡我,他從來都不會對我已讀不回⋯⋯」

「但⋯⋯有些人,和你在短訊裡很親近,總是很快就可以回覆你,但不等於對方就是真的喜歡你⋯⋯你有聽說過嗎?」

「我明白你想說什麼,我也知道,就算曾經和他傳過很多很多短訊,但到頭來,其實也可以不代表有過一點什麼⋯⋯其實我真的明白。」

「那為什麼你還要經常回看呢?」

「因為我知道,一切已經不會再重來⋯⋯我無法繼續喜歡下去,但至少我可以自由地回憶以前,而他也是不會發現不會知道。偶爾,夜深睡不著的時候,當我那天感到很累很累很累,當⋯⋯我對將來感到惶惑不安的時候,我都會不期然地想起,曾經有一個人,願意一直陪著自己,一起面對各種風雨⋯⋯縱使他已經不在了,他是一個過去了的人,但他留給我的這點溫柔,我永遠都不會忘記,也不會想要忘記。」

/ 你以為自己不會堅持太久,
但原來有些喜歡,就算明知沒結果,
還是會一直歷久常新。

還是不會奢求對方明白及知道。　/

The second way I miss you

「從前有一位朋友,她喜歡了另一個人好多好多年。最初她還會希冀,自己將來可以成為對方的另一半,於是努力去親近對方,成為對方最好的朋友。她也努力去進修、去提升及改變自己,盼有天可以成為對方的理想對象。但是她一直都沒有向對方坦白自己的感情,即使後來對方談戀愛了,即使對方後來失戀、回復單身了,她都一直沒有告訴對方知道,就只是繼續默默守在對方的身邊。」

「既然喜歡對方,為什麼她不告訴對方?」

「也許是怕,對方會拒絕自己吧。」

「她不嘗試開口,又怎會知道答案呢?」

「有些界線,一旦越過了,以後就會變得不一樣了。可能他們還會再見,但是會漸漸變得陌生;又可能,對方明天就會立即不再回應她的短訊,他們連朋友也再做不成⋯⋯若是如此,那倒不如繼續安守在朋友這個位置,去做一個偶爾還可以互相問好的朋友,不是更好嗎?」

「你試過等另一個人,等了很多很多年嗎?」

「嗯⋯⋯最初的第一年,我去了我們曾經一起看海的地方,等了一個晚上。第二年,我和他重新成為朋友,但是他已經有一個很好的另一半。第三年,我遇到一個很好的人,我以為自己已經沒有再等他了,可是到了那一個夜深,我還是會想自己一個人靜靜地回憶以前,去思念⋯⋯第四年,我開始可以釋懷了,我還在等,同時我也在放棄⋯⋯我終於明白,這已經是我對他的喜歡的其中一部分,我們不可能會在一起,他也不會接受或

肯定我的這份感情,但是我依然會心甘情願地繼續等下去,就算將來我會跟另一個人在一起,就算我不會再喜歡他這一個人,我都會帶著這份遺憾一直等下去,直到哪天他終於會明白或知道,曾經有一個人為他這樣認真,又或是哪天我終於不再記得,自己曾經喜歡過這一個人⋯⋯」

「⋯⋯而在那天來到之前,你都不會主動告訴他知道⋯⋯是嗎?」

「嗯。」

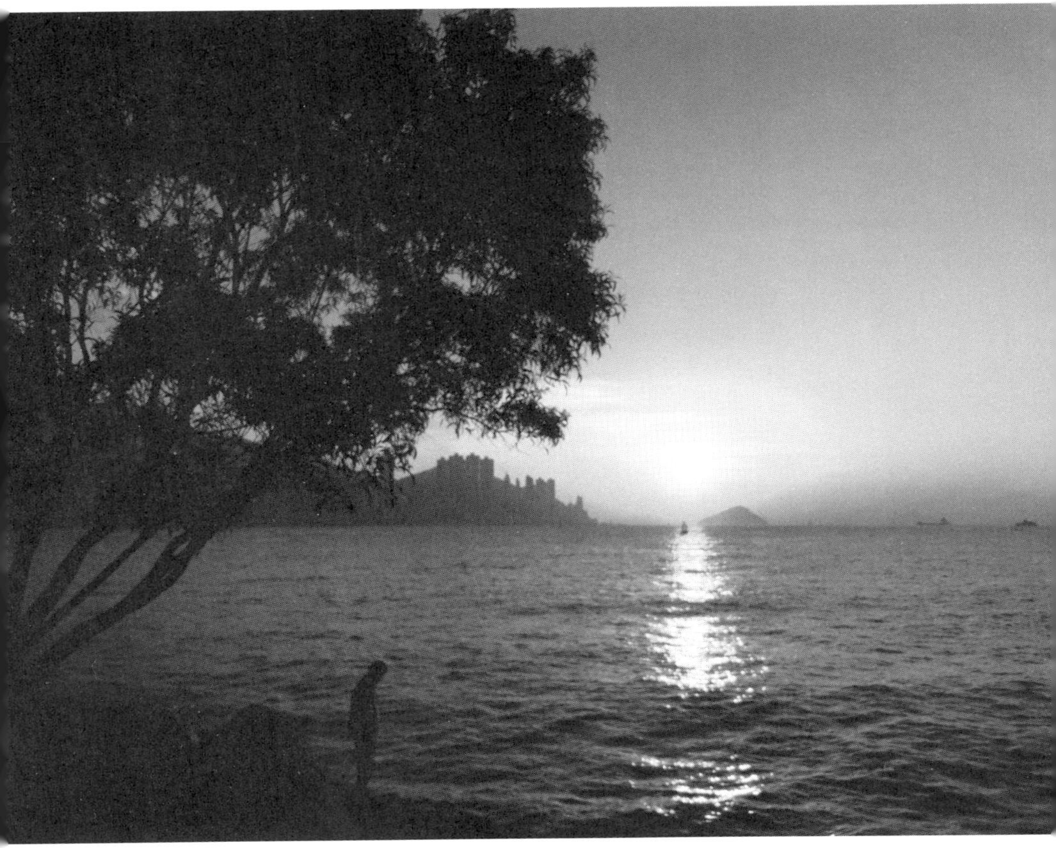

/ 我希望你會快樂。
我希望你會想念我。
但我希望你快樂的時候,
不會想起這一個想念你的我。

你快樂就已經最好。　　/

The second way I miss you

或許有時候,
我們就只是想看到對方安好,
而不是想去關心,對方是否真的安好⋯⋯

因為如今,
我們已經不會像從前那樣親近了,
若然我們還會為這一個漸漸疏遠的人,
抱有太多關心與在乎,
太多期待與思念,
到最後,我們一定會無法再承受,
那些本來早已被沖淡的寂寞及心痛⋯⋯

倒不如，繼續保持距離，
不要太投入，不要太認真，
只要知道你過得安好，就已經足夠；
只要知道他不會發現，微笑假裝的背後，
就已經很好……

你說是嗎？

其實你知道他不喜歡你。
也知道，他心裡也有一個忘不了的人。

其實你也早已經放棄了，
不會靠近他，不會對他有任何幻想……
但是，也不知道為什麼，
你就是會仍然喜歡著這一個人，

都已經過去很久很久了，都已經變得很疏遠，
那一種喜歡的心情，彷彿反而變得更無法平息。

當他還會偶爾找你，你可能還是會放棄不了，
當他真的有另一半時，
你又會審視他與另一半並不是真的相襯，
你覺得那個人無法給他幸福⋯⋯

還有那些你們有過的約定，
例如以後每一年，
都要成為第一個向對方說生日快樂的人，
又例如，要一起去看明年的演唱會，
一起再去一次旅行⋯⋯
現在都不可能再一起實現了，
但是來到這天，反而會變得更加念念不忘。

有時總會這樣子。
就是因為明知道，不可能與對方在一起，
那一種喜歡對方、非對方不可的心情，
反而會變得更加強烈，會變得更難割捨。

是有點明知故犯嗎？
但其實你自己也無法隨心所欲地，
控制自己的情感⋯⋯
你仍然會因為自己還執著於那一個人，
一個已經越來越少見面的人，
偶爾感到痛苦，偶爾又會認為理應如此，
是最合乎你們之間的一個結尾。

其實你可以繼續不捨得這個人，
但你不要欺騙自己，以為自己有天會懂得放棄⋯⋯
如果你其實從來沒有將放棄這件事情想得太清楚，
沒有下定太多決心、只望自己有天會幸運地，
突然學懂釋懷，突然不再喜歡這一個人，
如此自欺欺人，自憐自傷，
也只會讓你一直留在原地裡徘徊⋯⋯

永遠都想放棄，永遠都不捨得。

/ 後來你才知道，
有些人的消失，
原來需要很長很長的時間。　/

The second way I miss you

後來，
你從他的生命裡，漸漸消失。

有一晚，你在夢裡遇見到他。
醒來之後，你仍然記得，
內心的那點委屈與難堪。
你很想很想問他，
為什麼他會重視每一個人，
但是偏偏就一再對你忽略無視。

為什麼他明知道你的傷心難過,
看著你的眼淚,卻可以一直無動於衷。
只是下一秒鐘,你又會想起,
這只是一個夢,
你們如今也已經不相往還。

你已經很久沒有作過這樣的夢。
以前每一次你都會祈求,
這個夢不會真的變成現實,
你們不要得到一個這樣的結局。
可惜最後還是事與願違。
你們終於沒有再見了,
他卻在你的夢裡,佔據了最深刻的位置。
從來沒有一個人,
可以讓你感受到這樣的委屈,
你知道自己應該要放下,
應該要忘記那一段過去了,
可是你還是會很想知道,
他的理由,他的苦衷,他的真心……

還是其實這一切,都只不過是自己太過認真,
本來就沒有任何理由或苦衷,
本來,你們就是兩條不會交集的平行線。

後來你從他的生命裡,漸漸消失了。
可是他依然會在你的夢裡,
偶爾徘徊,偶爾失蹤。
有時你也希望,
會夢見從前與他的快樂時光,
可是每一次,你總會想起他最後的冷淡,
總會想到你們以後只能不再往還。
而他也是不可能會知道,
你的這點心情……

後來,每次夢醒過來,
當每次想到了這一個事實,
你才知道,有些人的消失,
原來需要很長很長的時間,
原來那一點苦澀,是可以如此漫長。

/ 或許,只有不張揚、不靠近,
　這才是喜歡你的最好一種方式。　/

The second way I miss you

漸漸,你開始對一切傷害與委屈,
都表現得沒有感覺。

得不到回應,你學會不再期待。
得不到尊重,你學會別再靠近。
被欺騙,你也不會再刻意揭穿對方。
被背叛,你不會再讓自己生氣太多。

並不是因為你變得更寬容大方了,
或是你可以更偉大無私地,

去看待那一個一直傷害你的人。
而是你終於看清了事實,
有些人根本不值得去期待,不值得去相信。

從前你會期待,他有天或會為你改變,
也一再相信,他其實還會在乎你這個人。
但你再傻再笨,經過了這些日子,
也應該知道,這一個陌生人,
並不會在乎你的感受,也不會感謝你的付出。
他只會繼續他要走的路,
而你是永遠無法追近與融入他的世界。

若是如此,與其繼續受更多更痛更深的傷,
倒不如愛自己多一點,愛身邊人再多一點點。
與其繼續為那些不會回覆的期待而空等下去,
那不如從今日開始,
將時間與心血花在更值得的人與目標上。
為自己與未來創造更多快樂的回憶。

你知道,
那些他對你有過的傷害與委屈,
會繼續留在你的記憶深處,
將來偶爾還是會擾亂你的快樂時光,
偶爾讓你陷在其中,彷彿無法輕易走得出來。
但是無論如何,你都不會再讓他知道,
他依然可以讓你如此委屈卑微,
依然可以輕易支配你的情緒、你的生活,
然後讓你又再遺忘你的理想與初衷。

雖然你依然會在乎他的一切,
雖然放棄了,並不等於以後不會再痛,
可能還要花更多力氣,
方可在別人面前表現得不痛不癢⋯⋯
但是你已經不想再去乞討,
他那點會伴隨傷害的憐憫與同情。

你喜歡他,但只可以對他表現無感,
你想念他,但只會將一切藏在心底。

The Second Way
I Miss You

/ 想念你的人，永遠都會主動。

直到有天，他累了，開始心淡，
他依然會想念你，但是不會再主動，
甚至不會再投入認真。　 /

The second way I miss you

不是不再珍惜這段關係，
不是對方真的不再重要。

就只是嘗試過太多次，熱臉貼冷屁股的滋味，
不想再覺得自己犯賤，不想再繼續自欺欺人。

你可以繼續你的忙碌,
我也可以還我自己一個自由。
不要再勉強遷就對方,不要再為彼此猜想更多,
理由或藉口。

人大了,漸漸會覺得,
有些人以後不會再見,也不一定是一件壞事。

至少最後,我們沒有反目成仇。
至少我們終於找到,一個合適的距離,
以朋友之名,來偶爾念記對方,
或偶爾想得很遠。

即使那一個人,仍然可以在不靠近,
或是不再見的情況下,
傷得你很重很重,又那樣防不勝防,
而對方是不會有半點自覺。

寧願不要再主動更多,讓這位曾經最在乎的人,
繼續留在自己,心底裡的某個位置。

在回憶裡繼續友誼永固。

/　你離開一個人，
　　不等於他會後悔失去你。
　　你留住這個人，
　　也不等於他會更加珍惜你。　　/

The second way I miss you

你試過一整天不找他，但最後你發現，
最難受的人，還是只有你自己。

你試過對他更好更好，但最後反而換來，
他對你的厭煩與冷漠，甚至是他的封鎖。

有時最難的是，你知道應該要放手，
但是你不捨得，相信和他還有可能。
其實只要不再主動，終有天你們會變回過客。
道理是不難明白，只是你不想落得這收場。

到最後可能你也分不清楚，
自己現在還繼續苦苦堅持，
是因為真的太喜歡這個人，
還是只不過是因為不甘心。
而其實可以做的，你都已經反覆做過太多，
就只剩下離開這個人，如何灑脫地離開這個誰⋯⋯

離開一定有萬般不捨，也不會換到他的同情，
但至少你還可以找回，那一個樂觀自信的你。
沒有他，你可以更自由地翱翔。

不要把你的熱情與認真，
留給讓你一直內耗的人。
你有認真愛過，那就已經對得起自己。

/ 有些人,就算以後不會再見,
但還是會好想有一天,
可以親口和對方說一聲
再見,或不要再見。 /

The second way I miss you

後來才發現,原來並不是每一個人,
每一段關係,都有機會好好說再見。

有些人,就算再如何不捨,
但對方還是會選擇放手,漸漸不會再見。

有些人,就算曾經再親近,
但後來還是會漸漸變回陌生,說了再見,但不會再見。

有些人,漸漸學會不再主動,
不會特意跟對方說再見,無聲無息地疏遠一些人。

有些人,漸漸學會將一切看淡,
不會再輕易投入任何關係,不會再期待任何一次再見。

有些人,即使還想再見,
但也會寧願不要再問候,縱然可以再見,也會變得猶豫。

有些人,即使真的再見,
但也會裝作沒有看見對方,彷彿從未靠近,彷彿從未熟悉。

有些人,其實你明白,
即使可以再見,也不能夠回復昔日的親近。
即使每天都會再見,也會繼續如同一個陌生人。

有些人,其實你也明白,
勉強再見更多,也只會換來更多難過。
不要往來不要再見,對彼此才是最好的終結。

有些人,就算不會再見,
但還是會繼續在回憶裡,
在夜夢裡,在歌曲裡,和對方再見。

有些人,就算不會再見,
但還是會好想有一個機會,
和對方好好說一聲再見,最後一次再見。

有些人,如今你知道,
是以後都不可能再見。
但在這天來到之前,你真的沒有預期過,
對方會從你的生命裡,從此消失……
你原本以為,你們還會繼續一起走下去,
很多很多個十年……
你原本相信,只要可以繼續在一起,
沒有什麼困難不能解決,就算再窮再苦,
只要可以看到對方的笑臉,所有困倦都會一掃而空。

但是,他走了,
在你還來不及和他說再見,
在你尚未能好好記住,他的笑臉之前。

以後就只有自己一個人，
茫然回想為什麼會變成如此。
就只有一個人，仍然會思念，
仍然未可淡忘，仍然會盼望來生可以再聚，
仍然會後悔，為什麼我們到最後，
未有好好珍惜對方，未有好好地說一聲再見。

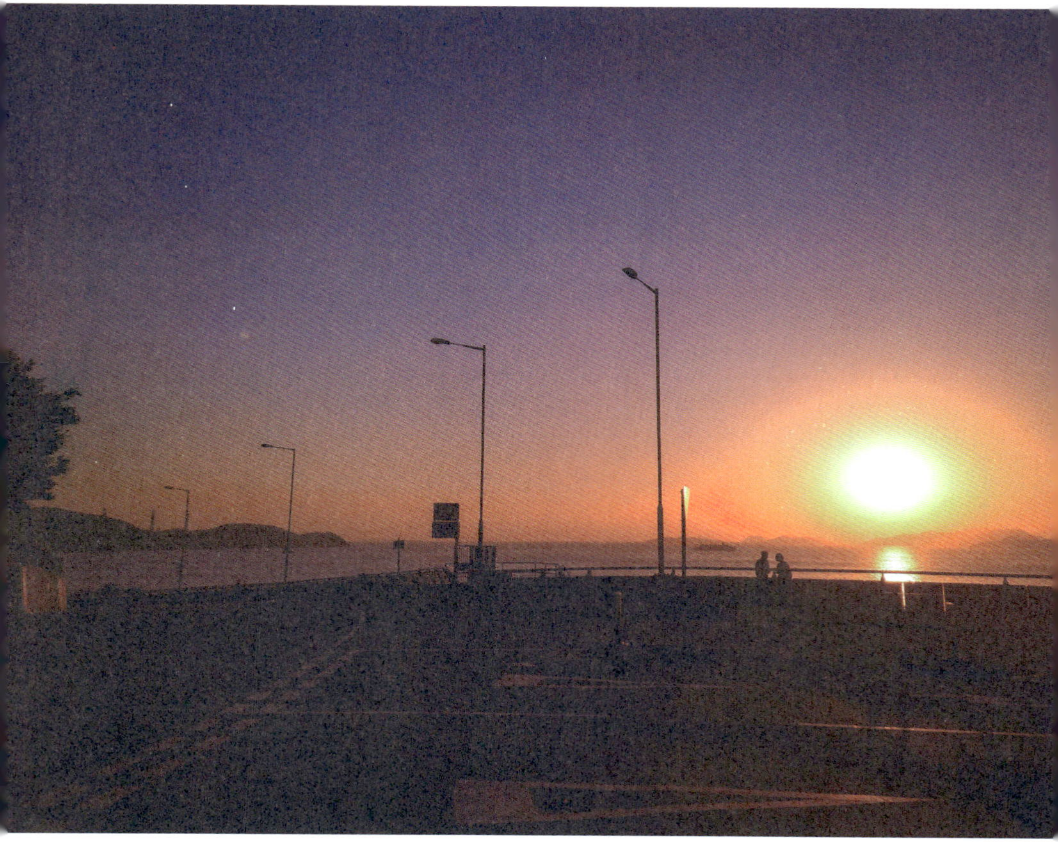

第三種方式喜歡你

/

人會有三次成長。

第一次成長,
發現自己原來有能力,
可以令另一個人快樂。

第二次成長,
發現自己做得再多再好,
原來也無法令對方快樂。

第三次成長,
發現只要對方可以快樂,
原來就已經很好很好。
以後有沒有自己參與,
也已經不重要了。

/ 你以為,總有一天,
自己會漸漸好起來……

但是結果沒有。　/

The third way I miss you

明明已經不會再痛了。
明明已經過去了,這麼久。

心裡有一部分,像是碎滿了一地,
無法癒合,無法撿起,
也無法對人言明。

每天醒來,就像是身處幽谷深處,
沒有人會來傷害你,也沒有人會來帶你離開。

偶爾又會覺得，好像沒有什麼大不了，
就只是不會再快樂或傷心，不會再像從前般勇往直前。

然後，你如常起床、工作，
和朋友說笑，和家人見面，
彷彿跟其他人一樣正常，彷彿這樣也沒什麼不好。

然後，偶爾還是會記起，
那些讓人受傷的話，
還有對方在離開之前，留給自己的絕情與無助。

就算如何努力迴避，
努力讓記憶變得模糊，
但碎裂的感覺不會消失，
刻在心底的痛，不會淡忘。

漸漸，你開始遠離一些人，
不想讓他們發現你的假裝，
不想讓任何人看穿，你其實沒有好起來。

或許這樣也沒有什麼不好。
至少自己仍然可以假裝如常,
可以對人微笑,可以逃走。
就只是再無法向別人交心。

就只是如此而已。

聽到他與別人在一起,你可以假裝不傷心。
有朋友提起他問過你的近況,你可以假裝不在乎。
有人問起他的生日或星座,你也可以假裝已經忘記了。
他的手機號碼、他 IG 帳號的 ID,
你也可以假裝從來都不曾留意或察覺⋯⋯

只是漸漸,你發覺也不用再為他假裝下去,
因為開始沒有人在你的面前提起他了,
因為他已經忙著跟另一個人,發展新的愛情⋯⋯

然後直到有一天,在朋友的聚會裡,
忽然有人提到,他已經結婚了,
朋友給你看他們穿著禮服的合照,
他的臉上有著一種你不曾看過的快樂與滿足……
你跟朋友說,你要去一下洗手間,
心裡有點慶幸,朋友沒有察覺你匆匆離席的異樣,
因為你忽然發現,自己實在無法假裝下去了,
你真的無法再假裝不在乎,
他的世界裡以後都不會再有著你可以駐足的位置。
他的將來、甚至是他的回憶裡,
你已經變得不再重要了……

以前你可以輕鬆地假裝,
也許只是因為還沒有痛到深處
但是現在,從此以後,
你知道這是一個永遠不可以再改寫的遺憾……

你可以習慣孤單,但是也無法再去假裝,
自己可以輕輕放下這一個人。

你們不會再見,但是他依然會常在你心。

/ 有些人不快樂，
會告訴別人自己正在不快樂。
有些人不快樂，卻是無聲無色的，
別人根本不會察覺他有半點不快樂。　/

The third way I miss you

他們不快樂的時候，
會用另一些不快樂，
來掩飾自己真正的憂傷，
不求有人明瞭，就只想有人可以陪伴一下自己⋯⋯
然後又有些人，不快樂的時候，
他們會告訴自己，不應該不快樂，
應該要讓自己堅強一點，
要珍惜眼前的歲月靜好，要用最溫暖的笑臉，
來回應那些依然陪伴著自己的人⋯⋯

彷彿無法誠實地面對，
自己內心那些不快樂的情緒。
還是我們真的有太多難以分清的感受，
而我們始終無法成為，
一個可以排解這些憂傷情緒的人⋯⋯
我們只可依靠另一個人的陪伴，
來繼續撐著走下去，
但我們也知道，並不是每次無力的時候，
都可以找到那一個誰，伴在自己身邊。

然後漸漸，
有時候我們會誤以為，自己沒有不開心的資格。
我們都習慣如常假裝微笑，
只能夠相信一切都總會好起來的，
只能夠用最正面的態度，來處理一切的委屈與不忿情緒，
只能夠活得比別人更加正面，
變成一個不會與別人稍有不同的人⋯⋯

即使你其實是一個不開心的人。

不開心,本來並不是一種錯誤,
但是不開心的人,有時卻是最先去對人道歉,
或最後去對所有人道歉的人。
因為他們會擔心,自己的不開心會影響別人,
這是不應該的,是其他人不可以去同情或支持⋯⋯
所以與其道歉,不如首先去假裝開心,
即使自己無法變得釋懷,甚至會生出病來,
但又會更擔心自己會被其他人疏遠甚至隔離,
結果越是假裝,越是無法放開心情,
越是微笑,越是無法再感受到真正的快樂。

「我想，我以後都不會再好起來⋯⋯」

「我很早以前已經放棄再想。有沒有好起來也好，日子還是會過⋯⋯依然會有人不喜歡自己、刻意傷害自己，就算我假裝好起來了、我可以假裝得更完美，還是會有不願意接納我的人。」

「是的，我有沒有好起來，其實也是與那些人無關，他們可以用自己的標準來隨便定義我，但他們卻從來不會嘗試認真了解我背後的故事⋯⋯」

「那我為什麼要勉強為這些人去好起來？如今沒有好起來的我，也是我生命中的其中一部分，我很喜歡現在的這一個我，也真的感到自在快樂，我又何必要為了那些不對的人，而勉強委屈自己更多，越是想要好起來，越是讓自己困在被定義的漩渦之中。」

/ 有天,傷口不會再痛,
　但回憶還是依舊,遺憾始終未變。　/

The third way I miss you

有些人用了一個月時間,
就可以淡忘曾經很愛很愛的人,
也有些人過了很多很多年,
也可能無法放下一個不會再見的誰,
依然無法完全放過自己⋯⋯

但其實如果認真思考,
這些事情,是無法比較的,
因為每個人都有自己的路、不一樣的人生。

有些人可以早些放開,
但也可能會錯過了一些重要的人與事。

有些人很遲很遲才可以抽離,
但也有更多時間去認識和了解,
自己真正需要什麼,想要與哪些人在一起。

有些人放不開,
其實並不是真的想就這樣忘記或釋懷,
就只是希望繼續提醒自己,
對方仍然很重要,那些忘不掉的回憶,
是對方曾經有靠近過的最後一點證明⋯⋯

有些人可以放下,
就只不過是希望以後,
再沒有人來關心或打擾,
讓自己可以繼續更純粹地,
去記住他的一切。

放下也好，放不下也好，
其實沒有一定的標準，一定的對或錯。
放不開，可以是一種煩惱，
但不小心真的從此放開了，
有時也可以是另一種煩惱的開始。

「不知道要等到什麼時候,才可以真正完全放下一個人呢⋯⋯」

「我想,不是看時間的長或短,而是看運氣吧⋯⋯或許明天,你就會遇到一個新認識的人,在不知不覺間讓你陷得很深;又或許,當你認識了很多很多的人,累積了一些新的回憶新的感情,但是當你有天回到這裡,才發現這些日子所發生的一切,原來都只是一個過程,一個讓你可以暫時放下他的過程⋯⋯你始終沒有真正放下他,只是你已經不會再因為這一個人而失眠,不會再因為聽到他的近況,讓自己又再患得患失。」

「之前我會有一種感覺,覺得自己應該可以放下了,不會再在乎那個人的事情,但原來都只不過自以為是⋯⋯那天我在街上偶然遇到他,看到他身邊有著另一個人,心裡頓時冒起一種難受刺痛,我才發現自己還是沒有放下⋯⋯我很努力想要在他面前裝作平常,但越是在意,越是發現自己仍是千瘡百孔⋯⋯」

「嗯,其實,你只是暫時忘記了他留給你的傷痛,但並不等於你是真的已經完全放下這個人⋯⋯不過,很多人都是這樣子的,我們都是一邊學習如何放下與忘記,一邊去慢慢適應或接受,有些人與事,根本不可能真正放下⋯⋯就算從未忘記,我們還是會續往前進發,一點一點去尋回那一個失落的自己。」

你相信，時間會沖淡一切嗎？

時間或許可以沖淡某些情緒，
但是有些心碎與傷痕，是不會過期的⋯⋯
偶爾當我們感到軟弱的時候，
當我們一個人自己獨處，
當你又回到了某些地方，
那些曾經經歷過的點點滴滴，
還是會變得格外清晰，
還是會讓自己感到難過或可惜⋯⋯

後來你才明白，時間可以沖淡一切，
也沒有會永遠停留在原地的人，
但是那些有過的傷痕與刻印，
會繼續陪你成長，偶爾還是會擾亂以後的人生。

然後有天，你終於可以忘掉他了。
不會再記得他的生日，不會再記得他的手機號碼，
也不記得他的 IG ID，也不記得他最後在訊息裡，
跟你說的那一句話⋯⋯

你知道，自己真的可以忘掉他了，
是時候，要還自己一個自由……
只要到時候，你真的覺得自在，
只要你真的覺得，這樣會比較好過。

放過自己是好事，但有些時候你或許會回想，
自己本來真正想要的，並不是放過自己，
而是得到一次他真正的喜歡與尊重，
即使不是愛情的喜歡也好……

希望到時候，你不會因為自己未能放下，而感到氣餒……
也不會讓自己困在一個只可以放下、
或只可以繼續下去的選擇題裡。
忘記與否、放不放得下，其實真的並非最重要。
重要的是在那個想要喜歡、或想放下的過程裡，
自己是否真的感到開心。
開心是最重要的，不論是喜歡一個人，或放下一個人……
其實你可以讓自己更自由，放不放下都好，
希望你都可以讓自己活得更快樂自在……

好嗎？

/ 然後當某一天，
你又回到了最初的起點。　/

The third way I miss you

如果你偶爾會覺得，
自己彷彿在原地踏步，
已經很累很累了，
但是也找不到更好的出口⋯⋯

希望你不會忘記，
你是曾經走了很遠很遠的路，
才回到這一個起點。

在那個過程裡，你遇到傷害與迷失，
但是你也看到過好些風光，
也認識了很多不一樣的人。
縱使你未必可以像別人一樣，
一心一意地勇往直前、向著目標不斷成長，
但是因為你曾經走過很多不同的路，
看到很多迷惘與堅持、或身不由己，
同時也明白更多苦澀與溫柔，
因此你的路也會比別人更加廣闊，
可以容納更多不同種類的人，
與你一起前行、一起成長。

你未必能夠成為最好的人，
但你可以成為一個溫暖的同伴，
為別人打氣，為自己療傷⋯⋯

原地踏步，
都是你曾經努力前進過的證明。
大家都知道，
在希望與失望之間徘徊，
真的會好累好累，真的會讓人好無力，
真的會好想好想，從此放棄⋯⋯

但是請好好休息一下吧，
請稍稍善待自己，放過自己。
不要忘記，還有其他值得期待的人與事，
不要忘記，支持你走到這裡的人，
還有最重要的你自己⋯⋯

只要你不放棄，
還是會遇到一個懂你的人，
願意陪在你的身邊。
只要你還想去愛，
你就會更懂得如何去愛。

The Second Way
I Miss You

/　你知道一切已經完結，
　　你只是不知道應該如何放棄。　／

The third way I miss you

如果，你已經堅持很久很久了，
但是始終都得不到對方的認可與喜歡……

那你可以試試去重新喜歡自己嗎？
將你給予他的時間、心血與堅持，
投放回自己的生活裡，對自己好一點點，
認可自己再多一些。

並不是等於要放棄再去喜歡他，
你不會突然就可以放棄去喜歡，
一個本來已經喜歡很久很久的人……

就算你刻意去做或不做什麼,
大概你都會繼續喜歡下去的。

但你現在應該思考的是,
在這段他始終不會喜歡你的時間裡,
可以做些什麼讓自己快樂、輕鬆一些,
就算將來你依然不想放棄,
但在這段時間裡,你至少可以讓自己復原過來,
累積更多走下去的力氣,又或是重新開始的決心……

而最重要的是,
一直都得不到對方的認可,
那一道傷口,其實可以很深很痛,
可以纏繞你很長很長時間。
所以真的,對自己好一點吧,
如果你真的曾經無比地認真努力過,
你就更需要去拯救,
那一個如此認真、但被遺落了的自己。

/ 有些人是因為需要你,
所以才會喜歡或愛你。
但有些人是因為愛你,
所以才會變得需要你。　/

The third way I miss you

有時最怕,
你以為他喜歡你,
但他其實是依賴你。
然後當你也漸漸喜歡他,
他卻又開始依賴另一個人。

你可能會問,
如果他想要依賴你,
那應該他是對你感到信任,
也有一定程度的喜歡或好感,

他才會讓你作為他依賴的對象吧？
他應該是有心想要與你交往或發展，
才會一步一步地讓你們互相靠近⋯⋯

但這可能只是你單方面的想法。
在你的世界裡，
依賴與喜歡是有一定程度的關連，
你不會對一個沒有太多喜歡的人，
生出物質上與精神上的依賴。
有些人卻不是這樣，
他依賴你，只是因為他有需要，
他希望有一個人可以滿足他某些欲望，
而你剛好出現了，
而且能夠滿足他的需要。
當有一天他不再需要你的付出，
有天他再有其他的需要，
有天他找到其他更能滿足他的人，
他就會轉移依賴另一個人，
你漸漸不會再看到他的身影。

你可能又會問,
雖然他對你依賴,
但你曾經明確感受得到,
他對你的喜歡與關心,
他應該也是曾經喜歡過你吧?
或許,他是真的有喜歡過你,
但那一份喜歡,並未值得他為你停留。
又或許,你所感受到的心跳與溫柔,
只不過是他想要依賴你的一種手段,
而並非他本身對你也有太深的喜歡,
還有太真切的關心。

後來有天,你終於幸運地與他重逢,
你或許會發現,他的目光淡然而陌生,
他的聲線或客套,或冷漠。
你努力和他繼續說話,
他彷彿已經忘記了你的事情,
包括你的一些喜好一些習慣,
還有那些對你仍然珍貴的回憶。
你們彷彿重新變成一對陌生人,

又或者應該說,
他原來從沒有,
太認真地認識過你,
而你依然會對這一個人,
太過認真……

但你還是會記得或留戀,
他曾經對你的重視與依賴,
他曾經是多麼想,
你陪在他的身旁。
直到哪天你終於想通,
有些人是因為需要你,
所以才會喜歡你或親近你。
有些人是因為愛你,
所以才會需要你。

你不知道這算不算是愛,
但有些人與事,
你知道不可以再有下次。

/ 喜歡你的人，會記得你的好，
　懂你的人，會記得你的痛。　/

The third way I miss you

你有沒有試過，
有一段時期，因為某些原因，
已經太習慣去隱藏自己的存在，
變得不想再對別人說話，再對人交心，
有沒有人記得自己、喜歡自己，
覺得無論怎麼樣都沒有所謂了，
你一個人如此頹廢下去也好，
再遇到更多失望與無奈也罷⋯⋯
不祈求會有任何人明白，
因為連你自己也無法好好去解釋自己，

所以就繼續躲起來吧,不要去找任何人,
也不要被任何人去發現,這一個卑微可笑的自己⋯⋯

有時候,我們會忘記了自己的初心,
尤其經歷了一些失意與無助後,
漸漸掉進一個不斷否定自己的迴圈⋯⋯
但其實,是我們暫時忘記了自己本來的面貌,
不等於旁邊那些一直會珍惜你、在乎你的人,
都會跟你一樣,已經忘記了你的笑顏⋯⋯
當你不會自愛,但不等於你就真的不值得別人的愛。

往往,
在我們不斷否定自己的同時,
我們也會在不自覺間一直去拒絕,
身邊沒有放棄自己的人。
心底裡其實知道對方的善良與溫柔,
可是自己竟然沒有好好珍惜⋯⋯
然後又會變得更加怪責自己,
認為自己不值得再去浪費去消磨別人的好意,
會責怪自己沒有去珍惜這些值得去愛護的人。

請記得,是的,他們也值得別人的好,
但並不等於,我們去成為一對朋友,
就只可以向對方表達自己最好的面貌⋯⋯
所謂交心,並不是只可以向對方交出自己的好。
如果一段真心交往的關係,
最後只能夠在對方面前扮演最好的一面,
那麼我們未免也太看輕,那些始終沒有放棄自己的人,
也未免讓彼此背負太多,不值得的情緒與枷鎖。

或許，你還沒有準備好，
離開那一個已經躲藏了很久很久的安全圈……
你想繼續逃避去面對某些傷口，
而你其實也可以繼續逃避下去，
不用去勉強自己立刻復原過來……
就只希望你會記得，如果有一天，
你願意從那一個晦暗的深淵裡慢慢走出來，
一定會有一個人，隨時都會為你做出準備，
去陪你面對、思考，甚至是什麼都不做，
就一起慢慢地浪費時間，
一起讓彼此變得沒那麼孤單。

The Second Way
I Miss You

/ 真正的朋友是,每次見面,
　你們都可以放心地去做回你自己。　/

The third way I miss you

總有些人,和他相處,
都總是很輕鬆自然、簡單爽快。

在你們之間,
什麼話題都可以說,
也可以什麼話都不說。
即使就只是靜靜的兩個人相處,
也不會感到尷尬或壓力。

在他面前，你可以放心去做回自己，
不需要不停去搜尋話題，
不需要太猜度對方說的話，
不需要怕自己的失言會惹對方生氣，
不需要戴著永遠樂觀自信的面具，
不需要看彼此的職業、家庭、收入或地位，
不需要因為對方總是太忙而裝作自己也很忙，
不需要勉強彼此去認同對方的看法，
不需要時常怪責自己做得不夠好，
不需要總是與別人比較誰的位置較高，
不需要擔心對方有天會不會忘了你，
不需要等到什麼重要特別的原因，
才可以約對方出來見面⋯⋯

縱使他未必完全明白你的一切，
但他可以和你一同成長，
任意自在地馳騁飛翔，同甘共苦，
然後你明白到，這一切都得來不易。
在漫長的人生裡，可以有一位這樣的朋友，
其實真的很幸運，也已經很足夠。

226

The Second Way
I Miss You

人越大就越會明白,
原來並不是所有人,
都有緣成為這樣的朋友。
有時就算彼此都有心,
卻未必可以遇到對的時間,
未必可以一起經歷、一起成長⋯⋯
或許到頭來,
有些人就只會是彼此的過客,
最後始終會分道揚鑣。
那又何必為對方的不理解,
而勉強去做一個不自在的自己,
反而更難為了彼此⋯⋯

就算以後未可一起走下去,
但也可以在回憶裡笑著說再見。

/　後來你遇到更好的人，
　　可是最掛念的，
　　卻是那個不會再見的誰。　　/

The third way I miss you

「為什麼有些人，心裡想念的是某一個人，但是又會選擇跟另一個人在一起？」

「你要明白，想念的人，並不等於是如今最喜歡的人，也不等於就是適合在一起的人⋯⋯我可以想念一個人想念到失眠，但是不等於我希望跟這一個人繼續無止境的冷戰或吵架⋯⋯我會想念自己曾經喜歡過的人，但是不等於我會喜歡現在的他。」

「嗯⋯⋯所以即使有多想念也好，但其實並不是真的想對方再回到自己身邊⋯⋯是嗎？」

「至少這一刻,這一點想念,也不是為了要得到一個實質的結果⋯⋯想念再多再深,也是不會帶來太多改變。」

後來,就算再對其他人動心,
還是會不自覺地與那一個人比較,
還是會覺得有著那一個人的影子。

但這不代表,
你仍然想跟那一個人在一起,
你的心依然只屬於那一個人。
只是心裡還是會覺得
自己的心裡仍然留有那一個人的回憶,
始終沒有真正的放下與忘記,
自己實在不應該跟其他人重新開始⋯⋯

其實,這個世界上的大部分人,
都是帶著舊有的回憶與經歷,
在各自的人生裡繼續向前進發、冒險,
然後與新認識的人去製造新的回憶……
只不過,如果你依然會有一點內疚,
會因為自己依然未能忘記舊情,
而帶有一點點罪惡感,
那你也不用勉強自己,立刻去投入一段新的愛情。

在這一天,你只是跟那一個新的對象,
欠缺一點點緣分與決心……
未能完全忘記、未能放下過去,
並沒有對錯之分,真的不必因此而怪罪自己,
因為思念一個過去的人,而懲罰自己。

231

The Second Way
I Miss You

/　後來你終於可以，
　　在 23 小時後，才去看他的限時動態。　　/

The third way I miss you

後來你終於可以，
不會再秒讀他的訊息，也不會再想立即回覆。

後來你終於可以，
不再念念不忘他的生日，不再期待他的生日祝福。

後來你終於可以，
回看從前那些舊訊息，而不會太難受或心痛。

後來你終於可以，
純粹地思念一個人，希望對方可以一直安好。

後來你終於可以，
在他們面前談笑自若，從他的身邊淡然走過。

後來你終於可以，
刪除他的訊息與照片，將他從通訊列永遠移除。

後來你終於可以，
忘掉有過的快樂傷悲，去做彼此的一個陌生人。

後來你終於可以，
重新喜歡另一個人，勇敢去迎接新的愛情。

後來你終於可以，
純粹地喜歡這個人，不再想要放下這個人。

就算放不下也好，
就算以後都不會再見，也已經沒有關係了。

/ 一點一點疏遠你，
是我喜歡你的最後一種方式。　/

> The third way I miss you

「你有試過嗎，明明喜歡對方，但是不可以表現出來⋯⋯明明好想關心對方，但你反而會表現得很冷淡，就好像是一個陌生人一樣？」

「曾經有試過這樣，但是後來會覺得，這樣的偽裝好像太不自然，好像有點刻意⋯⋯所以後來，我換了另一種方式。」

「是怎樣的方式？」

「一點一點和他疏遠⋯⋯例如我知道，他喜歡別人很快回覆他的短訊，於是我嘗試不要太快回覆，甚至是越來越遲回覆⋯⋯從前我會很在意他的 IG 與 stories 更新，現在我也會在意，只是我不會在收到通知時就立即查看，我會等一個小時、或是再等半天，之後才給他留一個心，又或是什麼都不會留下。他生日的時候，

我也不會主動再約他,我知道他早前升職了,但是也不會傳訊息恭賀,等他想跟我提起時,我才會衷心祝福他,才會約他有空時一起慶祝⋯⋯雖然最後他還是會沒有時間應約,最後還是會漸漸忘了我吧,但我知道,這樣的相處距離與方式,才是最適合我們⋯⋯」

「這樣的方式,其實不是更刻意嗎⋯⋯你只是用更多的力氣,讓他不會察覺得到吧?」

「也許吧。」

「那為什麼要這樣做呢?」

「其實我的目的,並不是要讓他不會察覺,而是我知道,如果我依然好像從前一樣,那樣投入地認真喜歡與在意這一個人,我一定會很快又再陷得太深、不能自拔,但是要我太刻意地與他立即保持距離,我又會很不捨得,又會好想再努力多一次⋯⋯所以,一點一點和他疏遠,是一個讓自己學習離開、學習放手的過程。他應該不會知道我有過這些心情吧,甚至可能會有些抱怨,為什麼我們不會再像從前般親近友好⋯⋯但是這些也已經不再重要了。」

/ 「生日快樂」這一句話,
原來可以有著很多種不同的意思。　/

有些「生日快樂」,是想要表達「我想念你」。
有些「生日快樂」,是想要掩飾「我還想你」。

有些「生日快樂」,是用來代替「好久不見」。
有些「生日快樂」,是用來暗示「我想見你」。

有些「生日快樂」,是想告訴對方你沒有忘記。
有些「生日快樂」,是想確認對方有沒有忘掉你。

有些「生日快樂」,是想要約對方見面慶祝。
有些「生日快樂」,是因為你們不會再一起慶祝。

有些「生日快樂」,是長期無話可說的最後問好。
有些「生日快樂」,是想要重新聯繫的一次冒險。

有些「生日快樂」,
就算說完之後,還是不會帶來任何改變。
有些「生日快樂」,
來到這天還是可以,讓一個人無止境地想得太多。

有些「生日快樂」,
你不會再告訴對方,但不代表你不再在乎
有些「生日快樂」,
你每年依然記得,但是你已經不會執迷。

有些「生日快樂」,
就只是一個純粹的祝福,希望對方可以更幸福快樂,
即使你們已經變得陌生,甚至以後都不會再見,
但只要對方感到開心,你還是不會有半點吝惜,
這一點祝福。

有些「生日快樂」,
他是已經不可能再接收得到,但你還是會在凌晨零時在心裡默唸一聲「生日快樂」……

只要你不曾淡忘,他永遠都會是這一天的主角。

239

The Second Way
I Miss You

/ 偶爾會醒悟自己應該離開，
　只是還沒學懂如何走得乾脆。　　/

The third way I miss you

「早前在某個聚會裡，我遇見了他。我本來以為，自己早已經復原了，但是當見面後才發現，自己依然滿身破綻⋯⋯我的情緒還是會被他輕易影響，我根本沒法子忘記這一個人。而他還是不會知道我有過這些心情，為了離開他，曾經有過多少難受與寂寞⋯⋯
他依然不會珍惜我，到頭來，還是只有我一個人入戲太深。」

「但你還是知道，自己應該要遠離這一個人，是嗎？」

「嗯。」

「如果想離開,就乾脆一點離開吧。但請不要奢想,自己的離開,會教懂別人學會珍惜,也不要傻想自己的回頭,會終於可以感動那一個誰⋯⋯雖然他不是完全地鐵石心腸,只是如果他可以輕易地對你無動於衷,那麼你再委屈期盼,也不過是自欺欺人,最後反而會令自己的心,始終都未可平息而已。」

「我知道⋯⋯或許有時最難學懂的,就是如何可以讓自己走得乾脆。放棄很難,但乾脆更難⋯⋯我一直都以為,自己早已做好離開的準備⋯⋯卻想不到,到了最後的那一刻,當我看見他與另一個人在一起,心裡原來是有多麼的不捨得⋯⋯」

「這種事情,其實不可能做到真正的準備。如果可以準備放手,也只代表那些人與事並不是真正重要。」

「那為什麼有些人可以灑脫地說再見?」

「可能是因為,他們的演技較好,他們的個性比較堅強,而真正的原因可能是,他們背後獨自承受過多少時間的傷心與困倦,如今才可以顯得比較淡然地面對而已。」

/ 如果有天，
一個曾經互相認真喜歡過的人，
決定要離開你⋯⋯

你會放手讓他離開嗎？　/

The third way I miss you

其實，
沒有一個人永遠都會屬於另一個人。
如果對方要走，我們又有何權利，
勉強對方要為自己停留。

即使那是一位自己很重視很在意的人，
即使你知道，你會很不捨得這一個人，
你也知道，自己到時候應該會變得軟弱起來，
會開始去想很多藉口或方法來留住這一個人⋯⋯
你或許也會變成一個自私的人吧。

但是你也會想,如果對方真的已經不喜歡自己,
再說更多或再糾纏下去,又真的對兩個人都好嗎?
之後又真的可以走得更遠嗎……
可能反而只會更折騰彼此吧,
也會為將來留下更多不快樂的回憶。

若是如此,那你寧願靜靜地讓對方離開,
這不是要假裝偉大,而是為自己保留最後一點尊嚴,
要對得起那一個曾經如此喜歡他的自己……

即使他不再喜歡你,你也要好好愛護你自己。

/ 總有一首歌，你不會刻意重播，
  但它永遠都會屬於某一個人。   /

The third way I miss you

你手機的 playlist 裡，
有沒有一首歌，每次只要響起前奏的頭兩秒，
你就會立即知道是那一首歌，
然後下一秒鐘，你又或會想起，
回憶裡的某一個人，與他有過的種種苦與樂，
還有最後的不辭而別，或不歡而散……

到後來你們都沒有再找過對方了，
基本上，你們連對方的朋友也不是，
但每次只要聽到這一首歌，

你就一定會想起他的一切一切。
有多少次你曾經想過,
要將這首歌從 playlist 裡刪除,
但最後,你還是讓它留在原處。
偶爾隨機響起,你會立即按鍵,
跳到下一首歌曲,彷彿已經覺得不再動聽。
但偶爾,你又會選擇按下重播鍵,
讓它重放一遍、兩遍、半天、一個星期⋯⋯

在你心裡,這首歌永遠獨一無二,
也永遠只會屬於他這個人。
在你的 playlist 裡,仍然會有著這一首歌嗎?
在你的記憶裡,是否還會保留著那一個位置,
即使他已經離你很遠很遠,但每次偶然想起,
還是會想起某一些遺憾、恍然若失,
一段不想淡忘、但還是會輕輕放下的軌跡。

/　愛你的人願意等你，
　但等你的人，
　有天還是會選擇不再愛你。　/

The third way I miss you

「你試過等一個人等了多久？」

「斷斷續續的，等了三、四年吧。」

「等了那麼久，是因為你很愛那個人嗎？」

「我自己不覺得，那就是愛⋯⋯」

「不是說，願意等你的人，都會是很愛你的人嗎？」

「愛你的人會願意等你,但等你的人,卻可以有很多種原因⋯⋯有時我會覺得,自己當時那麼心甘情願地去等一個人,其實不是為了想等到他的⋯⋯可能我就只是習慣了,用等待這個方式來抒發自己的思念,不一定要等得到,也不一定要用等待這一種方式,來證明自己對感情有多認真。」

聽說,他和那個人終於分開了,
但是你竟然不覺得特別高興。

曾經,你一直很想回到他的身邊。
你一直都以為,自己不能回去,
是因為他的身邊已經另有別人,
你再沒有可以回去的餘地,
他的心裡也不會再保留著你的位置⋯⋯

或許真的是這樣吧。
但原來,在這段不可以回去的時間裡,
你自己的想法也一點一點地改變。
你學會如何抽離地看待他這個人,
也學會了如何一個人面對寂寞與難過,
你不再是從前那個可以奮不顧身的你⋯⋯

對你來說,他依然很重要,
但來到這天,你已經不想再回去了。
又或許,你不是不想回去,
就只是你真的累夠了,
也真的害怕會再受到更多傷害⋯⋯
你依然喜歡他,但同樣也依然會恐懼,
自己如此認真,最後還是會不歡而散,
因為你們太清楚對方的個性,
彼此的缺點、執著、自私與先入為主,
還有最後始終無法改變的矛盾與苦澀⋯⋯
因此,只要這天他不會再主動找你,

你不是不想與他回到從前，
只是你真的沒有力氣再和他重新開始。

/ 放在心裡就好。 /

The third way I miss you

後來我們都學會，
將一切思念、感受、想法與情緒，
還有那些不會傳送的問候，
那些會繼續累積的祝福與晚安，
通通都寄放在心坎裡。

就算哪天見到面，
也不會告訴對方知道。
就算哪天終於不再見，
也只會繼續埋藏深海裡，
告訴自己這樣就好。

放在心裡，就好。

思念可以很漫長，
只要我們永遠都不會讓對方知道。

偶爾你會很想念他，
想起他微笑的模樣，想起他對你說過的話，
想起他的手機號碼，想起他與你曾經去過的那些地方……

然後莫名其妙地,
忍不住笑了,或是哭了。

也許是因為,
你跟那個想念的人不會再碰面,
所以你才可以想得這麼遠,想得這麼多⋯⋯
不會說出口的思念,是最自由的,
也是最淡然無聲,不帶半點漣漪。

但如果,現在要你將這點思念,
特意親口告訴他知道,變成一句「我很想你」,
或是一句「你好嗎」⋯⋯
最後一定會變成無法好好地說出來,
總會延伸出更多顧慮與不安,
甚至會阻止自己繼續思念下去,
無謂讓自己再有太多不切實際的期望,還有失望。

我很想你⋯⋯
其實只是一句普通的話,
有時可以是重新開始,也可以是從此終結。

所以,漸漸,
就算有多喜歡那一個人,
也不會再想去跟對方表白。
寧願繼續去當對方一個純粹的朋友,
一個從沒有向他表白的朋友,
在你們之間,不會有任何尷尬與唐突,
他不需要知道你喜歡過他,你還喜歡他⋯⋯
當表白了,就算再如何欺騙自己,
他也不再是你想成為朋友的人。

/ 他早已離開了，
你又何必留在原地，
用思念來懲罰自己。　/

The third way I miss you

「為什麼大家都這麼喜歡拍日落？」

「那是因為，有些人的心裡，藏著一個想念的人，但是無法一起跟對方欣賞這份景致，所以才會想拍下來，希望哪天可以讓對方看到。」

「那⋯⋯」

「嗯？」

「你拍過這麼多日落，最後對方有看到嗎？」

「可能有看到，可能沒有看到……當思念都已經變成一種習慣，甚至變成一份信仰時，對方是否真的有完美接收得到這點心情，其實也已經不再那麼重要了。」

「如果你下定決心離開一個人，你會跟他好好告別，或是跟他說再見嗎？」

「應該不會了。」

「為什麼？」

「真的想離開的話，又何必因為說一聲再見、然後給彼此一個理由或藉口，讓彼此又會再見，然後繼續沒完沒了。」

「我只是希望可以好來好去……」

「如果你離開了,那個人也是不會有半點察覺或在乎,而你還是會顧念他的感受、想好來好去⋯⋯其實這只不過代表,你還未可以下定決心離開而已。再者,你想好好告別,對方又真的有心情去領受,這點他不需要的溫柔嗎?」

「有時越努力,就反而越難去忘記⋯⋯」

「無論你想或不想,都仍然會與那個人有關。而且,思念是不會突然完結的,有時可能會比你喜歡那一個人的時間,更加漫長⋯⋯但除了思念,希望你不會忘記,你可以還有其他的目標與路向,其他值得去關心、去思念的人,讓自己暫時逃離這一個思念的迴圈。」

「如果到最後我還是忘不了呢?」

「那就看,到時候依然忘不了多少,同時又累積了多少新的回憶吧。」

「或許,如果我們沒有曾經錯過對方,我就不會仍然對這一個人那麼念念不忘。」

「又或者,你忘不了的,除了那一個人,也還有自己錯過了對方的那一點遺憾。」

「比起喜歡一個人的情感,有時因為錯過對方的那點後悔與遺憾,可以更加漫長,更讓人無法釋懷⋯⋯是這樣嗎?」

「嗯,總有一些人,你會常常掛念,會好想約對方出來見面聚會。然後總有另一些人,你會偶爾思念,思念到夜深、思念到無比寂寞,但是你不會讓對方知道,也會忍住不要再見對方。」

「而這兩種人,以後也只會越來越難遇上⋯⋯沒有太多人,可以再讓你如此思念記掛,也沒有太多人,可以再分走你的在乎與認真。」

「能夠相遇,其實是一種運氣⋯⋯只是我已耗盡所有的好運了。」

/ 有些舊朋友，
可以偶爾思念，但是不會再見。
你會記得他的生日及手機號碼，
但是你不會再跟他說生日快樂，
不會讓他知道你仍會如此在乎。　　/

The third way I miss you

舊朋友，可以有很多很多種。

有些舊朋友，
可以隨時約見面，可以深夜聊心事，
可以兩肋插刀，可以很久不見，
可以說真話，可以做自己，
可以認真，可以長久。

有些舊朋友,
別人不會知道,你們經常出雙入對,
也不會發現,你們總會立即讚好對方的IG,
你們原來每晚都會談通宵電話。
沒有人會關心,你們是從何時開始,
變得如此親近,曾經那般快樂。
別人也不會明白,你們如今為何會不再往還,
甚至不會再聯絡,不會再問候,
就彷似是一對陌路人,
但比陌路人還要拘謹疏離。

有些舊朋友,
其實就只是名義上的朋友,
其實就只不過是藏在你心裡的一位舊人。
你們依然會追蹤對方的IG,
依然會看對方的限時動態,
依然會讓對方知道,你仍會關心他的近況⋯⋯
但是你不會讓他知道,你還有多麼在乎,
你就只會隔著螢幕遠望,
遠望那一個人已經變得如此遙遠,

遠望那一個人曾經對你有多溫柔、著緊，
曾經他讓你有過多少遺憾與心痛，
不會有任何人會發現或關心，
不會有人想要知道。

有些舊朋友，
其實就只是一個藉口，
一個讓自己可以繼續銘記的藉口。
來到這天，你依然會記得，
他的生日，他的手機號碼，
他的喜好，他的一切一切⋯⋯
然後你會選擇，讓這一切都密封在心底裡，
然後到了他的生日，到了每一個重大節日，
你會在手機裡，輸入你對他的祝福，
以及這些日子以來的思念與在意⋯⋯
然後，你會將這一切都全部刪除，
將這一份心意和回憶，
繼續放在心底裡，繼續每一年去獨自銘記。

有些舊朋友,
隨著時間遠去,隨著世事變遷,
只會漸漸變得越來越陌生,
終有天,就只會變得不再友好。
即使你們有過多少不可替代的經歷,
即使你們曾說過要友誼永固,
你仍會為這一個誰保留一個特別的位置,
但你遲早會知道,或接受,
對方就只會是一個過客,
一個曾經在你手心的生命線裡,
留下過一點痕跡的過客。
以後不會再遇,以後都不會再重來。

The Second Way
I Miss You

/ 給十一年後的你 /

The third way I miss you

第一年,你喜歡了他,
想要表白,但又怕他會拒絕,
想要放棄,但又忍不住靠近。
然後有天你發現,
他原來喜歡了另一個人,
原來自己早已經錯過了他。

第二年,你依然喜歡他,
他已經跟心儀對象在一起。
當你知道消息,
你好想向他祝福,
卻發現自己言不由衷,
自己還是會在乎,還是會痛。

第三年,你還是喜歡他,
但你選擇與他保持距離,
不要再主動接觸,
不要看見他的笑臉,
不想自己又再陷得太深,
不想讓他發現你的卑微難受。

第四年,你似乎可以放下他,
只是他剛巧失戀了,
他找你陪他傾訴心事,
然後你們聊過無數凌晨夜深。
後來他漸漸釋懷了,
你卻再一次變得不能自拔。

第五年,你們變得更加親近,
他會比從前更主動關心你,
只是你知道,這並不是愛情。
因為你知道他還沒有放下,
他依然會想念那一個前任,
你就只是一個沒名分的替身。

第六年,他與別人在一起了,
在你毫無預期之下,
他介紹另一半給你認識。
原本你以為自己不會再心痛,
結果你成功欺騙了他,
卻始終無法欺騙你自己。

第七年,你告訴他,
你喜歡了一個人。
他鼓勵你要積極主動一點,
不要輕易錯過真正重要的人。
你看著他,心裡忍不住苦笑,
最後還是沒有告訴他真相。

第八年,你們越來越少見面,
生日時就只會傳祝福短訊,
偶爾他會因太忙碌而失約,
但是你已經不會有半點怨懟。
彷彿你已經習慣他的遠去,
習慣在他面前裝作自己很忙。

第九年，你收到他的請柬，
這次你終於可以衷心祝福他，
你終於可以笑得更成熟自在。
那天晚上，你選擇走路回家，
你看著夜空，心裡默默許願，
是時候放下，是時候要釋懷。

第十年，他就快要結婚了。
有天你們在咖啡店裡閒聊，
他忽然笑說，在很多年前，
其實曾經有一點喜歡過你。
你告訴他，你也是一樣，
然後相視一笑，沒有再說話。

然後第十一年，
你們終於沒有再見……

以後應該都不會再見。

/　你好嗎

不經不覺，這一年又快要過去了，
我們又累積了多一年的，
距離與陌生。　/

The third way I miss you

你有試過這樣嗎？
在每一年結束的時候，
都總是會莫名地想得太多，
總是會莫名地，想起某一個誰。

那一個始終無法達成的心願，
那一段漸漸變得疏遠的關係，
那一些無法放下的傷痛執著，
那一位以後都不會再見的人。

過去無能為力的事情，
來到這天，彷彿仍是會繼續無能為力。
曾經不小心錯過的人，
往後大概也是會一而再的擦身走過。

即使我依然會在心裡，
為你保留一個特別的位置，
一個其他人也無法取代的位置。
即使我在你的心裡，
可能如今已經變得可有可無，
甚至是一個不打算再維繫的過客。

但我還是會慶幸，
曾經與你一起走過這一段路，
一起經歷過四季，
也一起從熟悉變得陌生。

曾經我以為,
你是我應該要努力去放下的誰。
但來到這天我才明白,
不要勉強去放下你,
也不要勉強去再見對方,
才是對我們彼此最好的一個結局。

我們已經回不去了,
也不可能再繼續一起往前走,
但對你的思念,還有那一點感情,
卻會隨著年月繼續流逝,
而變得更加純粹,更加漫長。

就只願明年你會繼續安好。

就只願明年今日,
我們還是可以在彼此的回憶裡,
繼續一起微笑問好,一起同行共老。

第 二 種
方　式
喜　歡　你

MIDDLE 作品 15

第二種方式喜歡你 / Middle著. -- 初版. -- 臺北市 : 春天出版國際文化有限公司, 2024.12
面； 公分. -- (Middle作品 ; 15)
ISBN 978-957-741-998-9(平裝)

855　　　　　　　　　　113017769

版權所有・翻印必究
本書如有缺頁破損，敬請寄回更換，謝謝。
ISBN 978-957-741-998-9
Printed in Taiwan

作　　　者	Middle
總　編　輯	莊宜勳
主　　　編	鍾靈
封 面 設 計	克里斯
排　　　版	三石設計
出　版　者	春天出版國際文化有限公司
地　　　址	台北市大安區忠孝東路四段303號4樓之1
電　　　話	02-7733-4070
傳　　　真	02-7733-4069
E ─ m a i l	story@bookspring.com.tw
網　　　址	http://www.bookspring.com.tw
部　落　格	http://blog.pixnet.net/bookspring
郵 政 帳 號	19705538
戶　　　名	春天出版國際文化有限公司
出 版 日 期	二○二四年十二月初版
定　　　價	460元
總　經　銷	楨德圖書事業有限公司
地　　　址	新北市新店區中興路二段196號8樓
電　　　話	02-8919-3186
傳　　　真	02-8914-5524

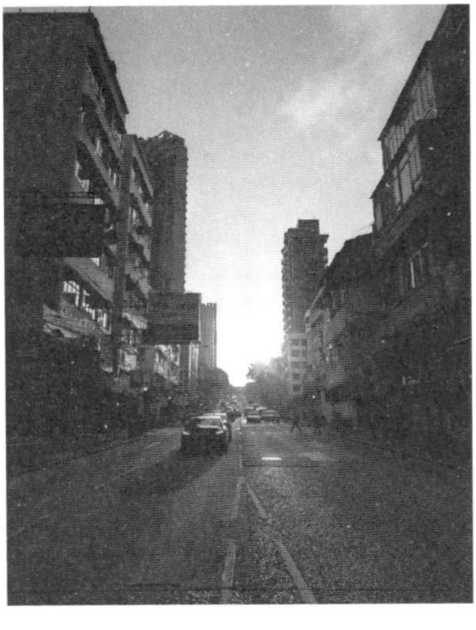

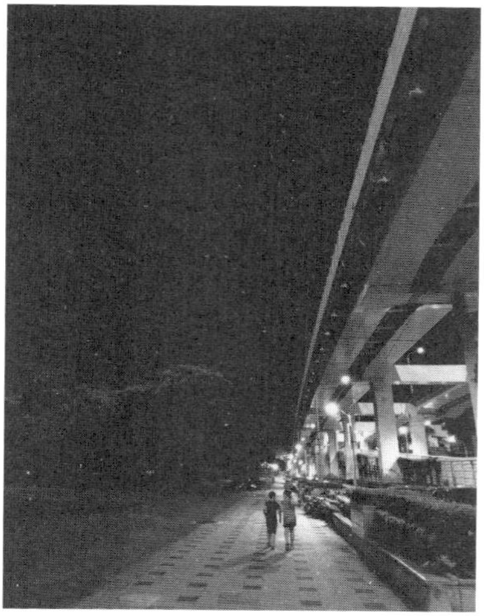